Annett Volmer

STAUGEFAHR

Erzählungen
2010 – 2014

Herstellung und Verlag:
BoD - Books on Demand, Norderstedt
ISBN 978-3-7357-9401-7

Inhalt

Eine Mühle und drei Menschen

Die Wohnung war leer, bis auf einen Tisch und einen Stuhl in der Küche. Der alte Elektroherd noch vom Vormieter hat dem Mieter offensichtlich letzte, wertvolle Dienste beim Kaffeekochen geleistet. Noch drei Tage muss Heiko Reuter hier gewesen sein, um eine Chronik niederzuschreiben. Nicht irgendwelche Notizen, sondern die Chronik seines Lebens, eine Art Abschied von seinem bisherigen Leben. Danach hat er seine Wohnung in Berlin-Neukölln verlassen und ist nicht wieder gesehen worden.

Zwei Bücher liegen noch im Fensterbrett seines kleinen Wohnzimmers, *Pfisters Mühle* und *Levins Mühle*. Daneben steht ein gelbes A mit einem schwarzen Schriftzug AufpAssEn. Raabe und Bobrowski. 22 Bilder und 34 Sätze. Großväter und Väter. Familiengeschichten und Prozesse. Zwölf Schlaglichter hat Heiko Reuter hinzugefügt, mehr nicht, so eine Art Verbindung zwischen seinen beiden liebsten Büchern, scheint es. Egal. Schließlich ist er weder Raabe noch Bobrowski, sondern einfach nur Heiko Reuter. Ein Verlierer offenbar, der so viel verloren hat, dass er eigentlich nur noch gewinnen kann. Aber was? Er ist weg, noch weiter abgetaucht. Keine Ahnung. Als seine Wohnung aufgebrochen wurde, fand sich dieses dunkelblaue, an den Ecken etwas abgewetzte Schreibheft auf dem kleinen Tisch. Mit deutlichen, spitzen Schriftzügen, sehr sauber, die wenigen Seiten beschrieben. Ganz so, als ob er die Worte schon seit Jahren in sich trug – ohne Korrekturen, Verbesserungen, Ausstreichungen.

Es ist ein Auszug, kein Umzug. Diese Möglichkeit gibt es nicht mehr, seit der Hund tot ist. Der Hund, der meine letzte lebende Verbindung war zu allem, was bereits von mir gegangen ist. Jetzt ist der Hund tot. Jetzt ist diese letzte Verbindung zur Welt abgerissen. Viel Geld hatte ich nicht mehr, das wenige Geld habe ich für seine Medikamente ausgegeben und die letzte Operation, die aber auch keine Besserung brachte. Er sollte seinen Tod haben, sich nicht länger quälen. Quälen müssen wir uns Menschen schon genug bis zum Tod. Wenn ich durch sein Fell strich, dann sah ich die Hände von Marie und Marta durch sein Fell streicheln. Maries schmale Mädchenhand, die im Fell fast verschwand. Und Marta, wie sie sich mütterlich zu ihm herabbeugte, ihn hinter den Ohren kraulte und den Rücken tätschelte.

ZWEITES SCHLAGLICHT

Ein Umzug birgt immer auch einen Neustart. Neue Umgebung, neue Wege. Ich ziehe einfach nur aus. Und fertig. Wie damals aus der Mühle. Es war ein erster Schritt weg von unserem Ort. Und Marta sagte immer, dass Marie danach krank geworden war. Wir hätten die Mühle nicht verlassen dürfen. Aber wir mussten doch, Marta. Meine Mühle, die Mühle, die von meinem Großvater über meinen Vater auf mich gekommen war. Unser Zentrum, unser Ort im Leben, unser rechtmäßiger Ort. Die Bühne unseres Leben und Schicksals. Statt Mühle nun Windpark. Das Land hier ist einfach wie geschaffen für die Windkraft. Wir konnten uns doch nicht dem technischen Fortschritt in den Weg stellen.

Das hatten wir schon über hundert Jahre getan, das ging doch so nicht weiter. Wir waren doch schon von einer Pleite in die nächste geschlittert. Marta schüttelte immer den Kopf. Nein, nein, nein. Was ist schon eine Pleite, machst du was Neues. Statt Pleite kam die Katastrophe, und das war wirklich schlimm.

DRITTES SCHLAGLICHT

Marta war morgens immer zum Bäcker Krause gegangen und hatte Brötchen geschmiert, mit Käse, Schinken, Ei und einem Salatblatt, einer Gurken- und einer Tomatenscheibe. Sie stand in einer kleinen Küche und konnte auf den Tresen blicken, wo Frau Krause die Brötchen verkaufte. Drei bis vier Stunden schmierte Marta. Sie sah und hörte die Dorfbewohner, die sie nicht sahen, sondern nur mit Frau Krause sprachen. Frau Krause war eine freundliche Frau, aber geizig. Sie rundete Martas Stunden immer großzügig ab. Marta ärgerte sich darüber, aber nur anfangs, dann betrieb sie Mundraub und brach hier eine Ecke Käse ab, ließ dort eine Scheibe Wurst mitgehen, einige Tomaten, Gurkenscheiben, sie war sehr geschickt in diesen Dingen und irgendwann war es ein Spiel geworden, das ihr ebenso gefiel wie ihre Arbeit. Sie war nicht mehr verärgert über Frau Krause, sondern freute sich auf den Heimweg, wenn sie unter den dichten Kastanienbäumen durch den Vormittag zur Mühle ging. Später zu dem kleinen Haus am Dorfrand. Das Abendbrot bereits in der Tasche. Wenn sie dann heiter ihre Beute vor mir ausbreitete, stand ich hinter ihr, hatte meine Arme um ihre Taille geschlungen und hörte gespannt zu, wer bei dieser Wurstscheibe gerade im Laden war oder was Frau Krause bei jener halben Tomate daher geschwätzt hatte.

VIERTES SCHLAGLICHT

Als Großvater die Bockwindmühle am Ende des 19. Jahrhunderts gekauft hatte, war die Zeit der Mühlen längst vorbei. Die Mühle stand schon über ein Jahrzehnt leer und verfiel langsam. Wir waren auch keine Müller, nie gewesen, und irgendwie war es merkwürdig, dass Großvater diese Mühle gekauft hatte. Die Leute im Dorf schüttelten den Kopf. Viel Geld hatte mein Großvater nicht. Aber er wollte hier leben, in diesem kleinen Ort zwischen Asse und Elm. Großvater arbeitete bei der Bahn, wie viele hier und Großmutter nähte und besserte die Kleider der Nachbarn aus. Die Mühle war die Romantik ihres Lebens. Großvater reparierte sein Leben lang die Mühlenruten und das Mühlgehäuse, er klopfte hier und hobelte dort. Obwohl die Mühle niemals wieder ihre eigentliche Arbeit aufnehmen sollte. Anfangs war es eine Attraktion für die Umgebung, die Familie Reuter wohnte in einer Mühle. Bald war es normal. Mein Vater versuchte, die Romantik neu aufleben zu lassen. Im Krieg musste das Holz der Mühle fast dran glauben, er baute sie wieder auf und machte ein Ausflugslokal daraus. Eine kleine Wirtschaft, die viele Jahre einigermaßen lief. Er legte einen kleinen Mühlenbach an, sammelte Mühlsteine aller Größen und richtete die Stube seiner Meinung nach typisch für eine Müllerfamilie her. Wenn Gäste kamen, die er besonders arrogant und unsympathisch fand, dann berichtete er von seinem früheren, schweren Müllerleben. Ich habe gemüllert, kicherte er dann immer. Doch Vater wurde alt, Mutter fiel die ganze Arbeit immer schwerer. Da übernahm ich mit Marta die Mühle. Marta war aus Polen. Erst kam sie, um die Eltern zu pflegen. Dann blieb sie. Bei mir, in der Mühle.

FÜNFTES SCHLAGLICHT

Die ersten Male kam ein kleiner, magerer Angestellter der Windkraftfirma. Er kam mit seinem Privatauto und erklärte uns immer wieder, warum sie unser kleines Stück Land bräuchten. Ich setzte auf Zeit. Aber natürlich war klar, dass wir früher oder später rücken müssen. Heutzutage ist auch der Eigentümer nicht mehr wirklich Herr über sein Eigentum. Es gibt immer reichere Leute, die kaufen einfach, was im Weg steht, die Aussicht verstellt oder einen Zufahrtsweg behindert. Beim letzten Mal kam ganz offensichtlich ein wichtiger Manager des neuen Windparks. Er war groß und schwer und saß in seinem Mercedes hinter abgedunkelten Scheiben. Leider konnte ich den Chauffeur nicht erkennen, stellte mir aber vor, es sei der kleine, magere Angestellte der ersten Besuche. Sie hatten uns ein schönes Haus am anderen Dorfrand versprochen. Es war viel moderner. In der Mühle hatten wir einen großen Raum und einige kleine Kammern. Jetzt liefen wir auf zwei Etagen umher. Hauptsache, wir laufen uns noch manchmal über den Weg, hatte Marta gesagt, als sie das erste Mal durch das neue Haus ging.

SECHSTES SCHLAGLICHT

Im Garten begann ich, eine Anlage mit einer Mühle, einem Mühlwehr und einem Mühlgraben in Miniatur anzulegen.

Mit Marie. Wir haben einen Sommer mit dem Bau der kleinen Mühle zugebracht. Bücher stapelten sich in der Garage, die langsam zur Tischlerwerkstatt wurde. Zu unserer alten Mühle gingen wir nur selten, um das eine oder andere Detail zu überprüfen. Wir wollten an dem neuen Ort heimisch werden. An einem Sommerabend kam Marie ganz außer Atem, blass und aufgewühlt angerannt. Die Mühle ist weg! Rief sie. Einfach weg! Ich war in der Garage und hielt kurz inne, dann hobelte ich weiter. Marta schaute auf und fuhr dann fort, den Tisch zu decken. Etwas langsamer. Beim Abendbrot sagte Marie ruhig, sie sei traurig wegen der Mühle, aber sie verstehe auch, dass wir dort nicht bleiben konnten. Schließlich habe sie ja auch noch nicht so viele Jahre in der Mühle gelebt wie wir. Wir legten ihr gleichzeitig eine Hand auf den Kopf und in Martas Augen glitzerten Tränen. Es war der Sommer, als uns zum ersten Mal bewusst wurde, dass irgendetwas nicht stimmte. Marie wurde immer dünner, sie fiel ein, in sich zusammen, so kam es uns vor. Sie schlief viel und ging kaum noch zu ihren Freundinnen. Sie sei müde und alles sei so anstrengend, sagte sie.

SIEBTES SCHLAGLICHT

Und dann dieser Arzt, Nestor Dunga. Er kam aus dem Kongo in unser kleines Dorf und er war ein guter Arzt, der schnell zur Familie gehörte und der die Alten besuchte, wenn sie krank waren. Gewissenhaft war er und er hörte zu und er sprach mit den Menschen. Die Leute flogen auf ihn wie die Fliegen. Er sah den Menschen in die Augen. In dem Behandlungszimmer standen kein Computer, der seinen Blick fesselte und kein Tisch, der ihn von seinem Patienten trennte. Gegen die Natur und das Schicksal kam auch er nicht an. Erst bei Marie, dann bei Marta. Zu Marta sagte er einmal, du willst nicht mehr, ich kann dir nur helfen, wenn du willst. Marie wollte leben, deshalb lebte sie auch länger. Du wirst an einer viel kleineren Sache viel schneller sterben, hatte er gesagt. Marta hatte sicherlich nur genickt, jedenfalls war sie nie wieder zu ihm gegangen. Es sei ehrlicher so, sagte sie zu mir.

ACHTES SCHLAGLICHT

Als Marie starb, war sie 14 Jahre alt. Krebs. Die Leute deuteten auf das Bergwerk, die giftigen Stoffe, die dort lagerten, alles verseucht. Das sei doch kein Zufall, dass sie so jung sterben musste. Sagten sie. Das waren die mit dem gelben A überm Gartenzaun. Und ich solle einen Prozess führen gegen die Betreiber. Oder lag es am Haus, das sie uns gegeben hatten, vielleicht war mit dem Haus etwas nicht in Ordnung. So ein modernes Haus gegen die alte Mühle, sagten die Leute. Ob Zufall oder kein Zufall, ob Unfall oder Krankheit, für mich machte das keinen Unterschied. Unser Kind war tot. Marta war wie ausgelöscht, eine menschliche Hülle, der keine Energie und kein Appetit mehr innewohnte. Ich konnte sie nicht auffangen, ich fiel selbst. Als ich sie endlich begraben konnte, war ich froh.

NEUNTES SCHLAGLICHT

Marie, mein Kind. Marta, meine Liebe. Ich zeichne eure Namen in mir, ich spreche eure Namen immer wieder. Ich musste alles verlassen. Die Mühle, den Ort meines Vaters und meines Großvaters. Das Dorf, wo wir immer leben wollten. Vielleicht hätten wir schon früher, woanders hingehen sollen. Gleich nach Maries Tod. Aber mit Marta war nicht mehr zu reden. Sie sagte ja, sie sagte nein. Es war ihr egal. Ich war ihr egal, sie war sich selbst egal. Einmal habe ich beobachtet, wie sie die Hauptverkehrsstraße im Dorf überquerte. Sie ging einfach, sie schaute nicht. Ein Autofahrer hupte, sie drehte sich nicht einmal um. Als ich ihr das später sagte, zuckte sie nur mit den Schultern. Dann lächelte sie mich an, so wie früher, als wir noch glücklich waren.

ZEHNTES SCHLAGLICHT

Ich bin dann nach Berlin-Neukölln, weil hier das Leben der Menschen schwerer ist als anderswo. Die kleinkriminellen Ausländer, die durch den Suff verarmten Männer und die kranken, alten Frauen. Ich hatte mich während meiner Lehrzeit hier schon wohl gefühlt. Es war der einzige Ort, wo ich mir ein Leben vorstellen konnte. Kein ganz fremder Ort, so eine Art Rückkehr in die Zeit vor das Glück. Und natürlich, weil hier viele Menschen nur noch ihren Hund haben. Ich hatte das mal in der Zeitung gelesen und es hatte mich beeindruckt. Ich wollte untertauchen, von Menschen umgeben, aber allein. Es blieb mir noch eine Gnadenfrist, das spürte ich. Und das war der Hund. Als Marie immer schwächer wurde, die Krankheit immer mehr von ihr Besitz ergriff, hatten wir ihr einen kleinen Welpen geschenkt. Es war die letzte große Freude, die wir ihr machen konnten.

ELFTES SCHLAGLICHT

Dabei habe ich noch jede Sekunde genau vor mir. Jedenfalls kommt mir das so vor. Damals im Krankenhaus, als Marie in der kleinen durchsichtigen Kiste lag und ihre ersten Tage auf dieser Welt verbrachte. Wenn sie zwischen uns lag und wir drei uns einfach nur anschauten. Der Stoff des Lebens war plötzlich ein anderer und das Leben in diesem Stoff auch. Marie war unser Licht.

ZWÖLFTES UND LETZTES SCHLAGLICHT

Jetzt werde ich aufstehen und weggehen, weg von diesem letzten Ort. Nur mit den Sachen, die ich am Leib trage. Ich werde dieses Heft hier liegen lassen, meinen Ausweis daneben legen und meine beiden liebsten Bücher. Vielleicht gelingt es mir, an der nächsten Straßenkreuzung überfahren zu werden. Marta würde mich beneiden. Vielleicht treffe ich eine Frau, die mich diese Nacht aufnimmt. Vielleicht muss ich laufen, bis ich in einzelne Atome zerfalle. Ich gehe jetzt einfach los.

Die Wartenden

Der Kalender lag auf dem großen, runden Wohnzimmertisch. Er lag dort schon lange. Monate, Jahre, vielleicht. Mal verschwand er in der Schreibtischschublade, mal lag er wieder auf dem Schreib- oder Wohnzimmertisch. Dieser kleine blaue Kalender, mit dem schmalen blauen Bleistift an der Seite. Ein Kalender ist ein persönliches Dokument und offizielles zugleich. Es werden Termine notiert, Ereignisse kurz festgehalten. Ein Leben in Stichpunkten und fest vereinbarten Treffen. In diesem Kalender waren nur wenige Eintragungen verzeichnet. Viele Seiten blieben frei. Ein Kalender aus dem Jahr 1941. Der Kalender eines gewissen Helmut Hoppe. Ein Kalender, der skizzenhaft einen kurzen Abschnitt aus einem noch kürzeren Leben entdeckte.

Zwischen dem Eintrag „Käsetorte gebacken" vom 31. Januar 1941 und der Notiz „zum Reichsarbeitsdienst" am 20. November lag ein Jahr, das letzte Jahr, das der zukünftige Wehrmachtsoldat Helmut Hoppe in seiner Heimatstadt Halberstadt verbrachte, bevor er zum Reichsarbeitsdienst und dann an die Ostfront kam. Das war der letzte Eintrag in seinem Kalender.

> Niemand ist einfach nur tot,
> wenn er stirbt.
> (Alexander Kluge)

I

Der junge Mann trat aus dem elterlichen Haus ins Freie. Er trug eine Uniform, die nur sichtbar wurde, wenn ein

Windstoß den grauen Mantel aufschlug. Der erste Schnee des Winters war am 3. November gefallen, vor gut zwei Wochen. Der erste Frost war schon vorbei, als er aufbrach. Am 15. November hatten sie noch Lottes Geburtstag gefeiert. Jetzt fünf Tage später, durchmaß er den endlos kurzen Weg bis zum Vorgartenzaun, gefolgt von seiner Mutter, die ihn schluchzend umarmte, und von seinem Vater, dessen Schritte so gar nicht fest waren. Helmut zog die kleine Gartentür auf und hielt noch einen Moment inne. Seine Mutter weinte an seiner Schulter, fast irre. Der Vater sagte: „Pass auf Dich auf. Wir warten". Seine zitternde Hand versuchte einen festen Händedruck. Helmut war blass, als er sich nach links wandte und die Harmoniestraße hinunter in Richtung Bahnhof ging. In Halberstadt, am 20. November 1941. *Wir warten.* Er war der einzige Sohn, er war so gewollt und geliebt von den beiden älteren Leuten, die jetzt am Zaun standen und ihm nachsahen, zurückblieben, ihn ziehen lassen mussten für Gott-wer-weiß-was.

II

Mino steht benommen in der Küche. Schwindel, immer stärker, das Gefühl zu fallen. Festhalten, nur festhalten. Ihre Hände krampfen sich um die heiße Stange des Kohleherds. Sie spürt die Hitze nicht. Was hat er gesagt? Helmut soll vermisst sein. Vermisst? Was heißt das? Vermisst? Ist er gefallen? Lebt er noch? Ist er in Gefangenschaft? Vermisst. Was bedeutet das? In der Tür steht Wolfgang, sein Gesicht ist verzerrt. Er schaut zu seiner Frau, wie sie sich festhält an der heißen Herdstange, der Kopf auf die Brust gesunken, die Schultern hochgezogen, erstarrt. Das kann man ihr doch nicht antun, das können sie uns doch nicht antun. Er sagt langsam, er habe ein Schreiben erhalten, in dem steht, dass Helmut vermisst werde. Was steht dort noch? Er schweigt und atmet schwer. Er weiß doch auch nicht, was das bedeutet. Sicherlich besteht Hoffnung, dass er bald zurückkommen werde. Hoffnung. Das ist gut.

Er schiebt den Brief in die Innentasche seiner Joppe. Sie soll diesen Brief nicht sehen, vor allem soll sie ihn nicht lesen. Vorsichtig nimmt er Mino bei den Schultern und führt sie rückwärts an den Tisch. Langsam drückt er sie auf einen Stuhl und lässt seine Hände auf ihren Schultern liegen. Du wirst sehen, er wird zurückkommen. Er wird vermisst, das bedeutet, er ist nicht gefallen. Sie wissen einfach nicht, was mit ihm passiert ist. Er kann in Gefangenschaft geraten sein oder er wurde verletzt und von einem anderen Sanitätszug aufgenommen. Er wird zurückkommen. Helmut, Helmut, mein Kind, mein Kind, schluchzt sie.

III

Helmut saß oft bei seiner Mutter in der Küche und sah zu, wie sie buk und kochte. Kochen fand er langweilig, viel spannender war es, wenn seine Mutter Mino, einen Kuchenteig zubereitete. Er lauerte auf die auszukratzenden Schüsseln, die Teigreste, die Momente, wenn Mino kurz in der Speisekammer verschwand und seine Finger schnell in die Teigschüssel huschen konnten und darauf in seinem Mund verschwanden. Am liebsten mochte er den Rührteig, Mürbeteig war nicht so lecker. Beim Rührteig schmeckten alle Entwicklungsstufen. Süßer Hefeteig hatte den Vorzug, dass er am längsten von ihm naschen konnte.

Nachdem er die Verwaltungslehre begonnen hatte, naschte er weniger, denn er war häufiger unterwegs. Kino, HJ-Dienst und Turnen in der Roonstraße. Seine Mutter schimpfte immer über seine Leckerhaftigkeit und klopfte ihm auf die Finger. Sie genoss es, wenn er bei ihr saß und verfolgte, was sie tat. So genau, dass er selbst eine Käsetorte backen konnte. Ende Januar, für Lotte, als sie krank war. Das Mädchen aus der Nachbarschaft kam seit einiger Zeit häufiger. Die beiden gingen gemeinsam ins Kino. Sie war einige Monate älter als er, schon 18, und konnte Helmut leichter ins Kino schmuggeln. Sie hatte etwas Rehkitzartiges an sich, etwas Schüchternes und zugleich sehr Lebenslustiges. Man nahm ihr die 18 Jahre nicht ab, doch wenn sie dann ihren Ausweis präsentierte, stets leicht entrüstet ob dieser Unverschämtheit, dann wurde Helmut für zwanzig gehalten und die beiden tuschelten kichernd, während die neuesten Erfolgsmeldungen von der Front über die Leinwand flimmerten.

Wenn Lotte bei den Hoppes vorbeikam, um Helmut abzuholen, dann wartete sie für gewöhnlich an der kleinen Gartentür und winkte der Mutter und dem Vater freundlich zu. Selten kam sie näher oder betrat das Haus, denn sie fürchtete Helmuts Eltern ein wenig und hatte den Anflug eines schlechten Gewissens, wenn sie Helmut abends ins Kino entführte. Als ob sie ihnen den Sohn stahl. Helmut eilte auf sie zu und begrüßte sie mit einem kurzen Druck der Schulter. Dicht nebeneinander gingen sie die Harmoniestraße oder den Kanonenberg hinunter und waren sofort in ein Gespräch vertieft. Sechsundzwanzig Mal sind sie in diesem Jahr, an dessen Ende er in den Krieg zog, den Kanonenberg hinuntergegangen und im Kino gewesen.

IV

Filme, Bücher und Sport – das waren die wichtigsten Linien dieses letzten „friedlichen" Jahres des Verwaltungslehrlings Helmut Hoppe. Dann musste er in den Krieg ziehen.

Morgens Sport. Vorbereitung auf die Hallensportfeste im Januar, von halb acht bis zehn. Körperschule, Laufschule, Kastenspringen, Prellball. Er machte das Sportabzeichen, spielte Handball und verfolgte regelmäßig die Liga-Spiele seines Handballvereins. Hin und wieder HJ-Dienste in der Mittelschule. An einem Nachmittag zur Jugendfilmstunde „Der ewige Jude". Am 30. Januar schon um 4 Uhr Feierabend, Führerrede. Abends mit Lotte ins Kino, in die Kinohits dieses Jahres. Am 29. Januar hatte er schon „Das Wunschkonzert" mit Ilse Werner und Carl Raddatz gesehen. Der Film war gerade rausgekommen. Bis zum 7. Februar hatten 90 000 Menschen in Deutschland diese Geschichte von einem jungen Mädchen und einem Fliegerleutnant gesehen, die sich nach einer unvorhergesehenen, langen Trennung durch eine Sendung des Wunschkonzerts wieder finden. Filme dieser Art hat Helmut viele in diesem Jahr gesehen. Filme über die Liebe, über Frauen zwischen zwei Männern, über wartende Frauen, über Kameradschaft, Sehnsucht, falsche Wege und das Einschwenken auf den rechten Weg. Filme von den angesagten Regisseuren der Zeit wie Georg Papst oder Eduard von Borsody, mit den großen Schauspielern wie Will Quadflieg, Brigitte Horney, Emil Jannings oder Gustav Gründgens. Manchmal ging er mit Lotte auch ins Theater, leichtere Kost, Operetten zumeist, Zar und Zimmermann. Er las historische Bücher, von Ludwig Huna über die italienische Renaissance, von Ilse Leutz über Maria Stuart.

Im Februar begann er mit dem Tanzunterricht. Natürlich mit Lotte. Von Mitte März bis Mitte April war er dreizehn Mal beim Zahnarzt. Seine Eltern machten Mitte Juni eine Urlaubsreise nach Bad Harzburg. Im Juli hatte er Urlaub und verreiste. Von Halberstadt nach Magdeburg, weiter nach Burg, Genthin, Rathenow. Von Rathenow über Rhinow, Wusterhausen nach Neuruppin. Weiter nach Rheinsberg, Wustrow, Neustrelitz, Neubrandenburg, bis nach Friedland. Der Zielort war Roggenhagen, Kreis Stargard im Mecklenburgischen, dort wohnten Verwandte, die er besuchte. Gemeinsam machten sie einen Ausflug nach Usedom und Swinemünde. Bis zum Ende seines Urlaubs, am 28.7., folgten weitere Ausflüge. Er fuhr an die Ostsee und nach Mecklenburg. Am Sonntag, den 27. Juli, notierte er: „abgefahren v. Roggenhagen". Seinen Kalender hatte er immer dabei.

V

Wolfgang Hoppe in seinem kleinen Arbeitszimmer am Schreibtisch und zieht die große Schublade auf, in der er die wichtigen Papiere aufbewahrt, das Sparbuch und das Geld. Er faltet langsam den Brief auseinander. Vom 25. August 1944 von einem Oberstleutnant der Divisionskampfgruppe 268. Bei Kämpfen „auf verschiedenen Straßen und Waldungen mit Sumpfgelände", so schrieb der Oberstleutnant, „ist Ihr Sohn seit dem 27. Juni 44 vermisst. Es ist uns trotz vielfacher Bemühungen nicht gelungen Gewisses zu erfahren."
Das ist der zweite Brief, der ihn erreicht hat. Der Brief mit der relativ hohen Wahrscheinlichkeit, dass Helmut nicht zurückkehren wird. Wolfgang Hoppe beschließt: Niemals soll Mino diesen Brief lesen. Es wäre ihr Tod und seiner

wahrscheinlich auch. Er nimmt sich vor, an die Rückkehr des Sohnes zu glauben, ganz fest. Gegen jede Vernunft.

Sie hatten lange auf dieses einzige Kind warten müssen. So lange, dass sie schon dachten, dieses Glück wäre ihnen nicht mehr gegeben. Um Minos Augen hatten sich dunkle Schatten gelegt. Mit der Schwangerschaft und der Geburt des Sohnes waren diese Schatten verschwunden und ihr ohnehin schönes Haar hatte noch mehr Glanz und ihre lebensfrohen Blicke noch mehr Energie bekommen. Als er sie auf den Stuhl drückte, hatte er die Schatten wieder bemerkt. Bei seinem letzten Urlaub war Helmut nicht von ihrer Seite gewichen, er besuchte kaum seine Freunde, er wollte immer in ihrer Nähe sein, als ob er ihre Liebe tanken musste, bevor er sich wieder auf den Weg in die weite Welt machte.

Wolfgang legte den Brief gemeinsam mit dem blauen Kalender aus ihrem letzten glücklichen Jahr, dem Jahr 1941, als sie noch alle zusammen eine Familie waren, tief hinten in seine Schublade und schloss sie ab. Den Schlüssel trug er immer bei sich. Und er wird schweigen. Seine Frau wird zu Wahrsagerinnen und Hellsehern laufen. Er wird sie glauben und hoffen lassen, Helmut werde zurückkommen. Er wird sie am Leben halten. Bis das Warten zu einer Gewohnheit geworden ist. Sie von ihm sprechen und überlegen, warum er so lange in Gefangenschaft bleibt. Manchmal wird er selbst daran glauben, dass sein Sohn zurückkehren würde. Nur die Schatten um ihre Augen würden bleiben.

Fast dreißig Jahre des Wartens und Hoffens waren vergangen als er über eine Bekannte in Westberlin einen Nachforschungsantrag an den Suchdienst des Roten Kreuzes in München stellte. Diese Suche brachte zwar auch nichts *Gewisses*, aber doch annähernd eine Gewissheit, denn „mit sehr hoher Wahrscheinlichkeit" war Helmut „bei den Kämpfen, die zwischen dem 22. Juni und den ersten Julitagen 1944 während des Rückzuges aus dem Raum Paritschi, etwa 40 Kilometer südlich von Bobruisk geführt wurden, gefallen." Auf dem Rückzug, in Weißrussland, unweit von Witebsk. Auch diese Auskunft verschloss er in der Tiefe seiner Schublade, wo man sie erst nach dem Tod der alten Leute fand.

VI

Die sowjetische Sommeroffensive begann am 22. Juni 1944 und richtete sich gegen die deutsche Heeresgruppe Mitte unter Generalfeldmarschall Ernst Busch. Helmuts Division war eine von noch vierzig Divisionen, er einer von 500.000 Soldaten. Die Heeresgruppe Mitte lag bei Witebsk, Orscha, Mogilew und Bobruisk. Helmut war südlich von Bobruisk stationiert, in Weißrussland. Hitler war dagegen, diesen Frontbogen, der rund eintausend Kilometer lang war, zurückzunehmen, obwohl die Wehrmachtsführung das befürwortete. So hätten hohe Verluste vermieden werden können. Zwei Wochen zuvor war die Westfront eröffnet worden und jetzt begann die Rote Armee eine Großoffensive. Den sechstausend sowjetischen Flugzeugen vermochte die deutsche Heeresgruppe nur vierzig eigene entgegenzusetzen. Wie lächerlich. Sie waren längst am Ende, machten aber weiter, immer weiter.

Zwischen Witebsk und Bobruisk setzten die sowjetischen Soldaten zu einer Zangenbewegung an und kesselten die 4. und 9. Armee ein. Helmuts Infanteriedivision gehörte zur 9. Armee. Nur wenige Tage brauchte die Rote Armee, um nach Westen vorzudringen. Am 3. Juli befreiten sie schon Minsk.

Da galt Helmut eine Woche als vermisst. Rund 350.000 deutsche Soldaten sind in diesen vier Wochen gefallen, in sowjetische Kriegsgefangenschaft geraten oder als vermisst gemeldet worden. Einer von ihnen war Helmut. Es war eine vernichtende Niederlage für die Wehrmacht, die eine über 400 Kilometer breite Lücke nach Ostpreußen ließ.

Vierzig Kilometer südlich von Bobruisk vermutet man, soll er gefallen sein. Zwischen dem 22. Juni und ersten Julitagen 1944. Helmuts 268. Infanterie-Division wurde kurz zuvor der 36. Infanteriedivision eingegliedert und hatte südlich von Bobruisk Verteidigungsstellungen bezogen. Teile der Division wurden hinter der Front als Reserve gehalten. Dann kam der Befehl zum Rückzug nach Norden, denn ein Ausweichen nach Westen war nicht möglich. Hier lagen die ausgedehnten Pripjet-Sümpfe. Es gab nur wenige Rückzugswege und daher stauten sich die Kolonnen auf den Straßen. Die sowjetischen Bomber und Schlachtflugzeuge unterstützten ihre Erdtruppen und flogen zahlreiche Angriffe auf die sich zurückziehenden deutschen Bataillone. Bei Bobruisk wurde die Division eingeschlossen und unternahm am 29. Juni einen organisierten Ausbruchsversuch, der allerdings vom Gegner zerschlagen wurde. Viele Soldaten versuchten südlich an Minsk vorbei nach Westen zu entkommen, gerieten aber immer wieder in Kampfe mit den vordringenden sowjetischen Verbänden und wurden somit aufgerieben. Viele Soldaten der 268. Infanteriedivision gelten seitdem als vermisst. Helmut kann in das Pripjet-Sumpfgebiet geraten sein, wo die sowjetischen Partisanen lauerten. Oft sahen die Kameraden nicht, wenn einer von ihnen vom Tod aus dem Hinterhalt überrascht wurde. Verwundete konnten nicht zurück-geführt werden, weil der nachdrängende Gegner die Bergung nicht zuließ. Auch Sanitätsfahrzeuge und Verbandsplätze gerieten in das Feuer der Artillerie. Man hat keine Hinweise gefunden, dass Helmut in Gefangenschaft geriet, er ist niemals in einem Lager gesehen worden.

Die Pripjet-Sümpfe im südlichen Weißrussland nahe der ukrainischen Grenze sind heute ein größtenteils verseuchtes Gebiet durch die Reaktorkatastrophe von Tschernobyl. Als 1986 der Block 4 des Atomkraftwerks zusammenschmolz, wurden durch den radioaktiven Niederschlag weite Gebiete Weißrusslands verseucht. Heute nennt man dieses Gebiet auch die „strahlenden Sümpfe am Pripjet".

Kein Grab. Kein Ort. Nur eine Spur in der Erinnerung.

Das Wunder

„Name?"

„Jan van Armen."

„Wo geboren?"

„Rotterdam."

„Wann?"

„In den späten Fuffzigern."

„Geht es genauer?"

„Nein."

Der Polizeibeamte blickte verärgert auf Jan van Armen.

„Sie wissen, was Ihnen vorgeworfen wird."

„Vielleicht können Sie es mir noch mal erklären."

„Ihr Hund trägt keinen Maulkorb, obwohl es ein Kampfhund ist."

„Mein Hund ist kein Kampfhund."

„Doch, diese Rasse steht auf der Kampfhundliste."

„Mein Hund ist kein Kampfhund."

Der Polizeibeamte seufzte. „Sie müssen jetzt erstmal ins Gefängnis."

„Was? Warum? Weil mein Hund auf einer Liste steht? Wo ist mein Hund? Sie können ihn mir nicht einfach wegnehmen und mich einbuchten."

„Sie haben sich strafbar gemacht, weil Sie Ihrem Hund keinen Maulkorb umgebunden haben. Damit gefährden Sie die öffentliche Ordnung. Wir müssen Sie einsperren, weil Sie keinen festen Wohnsitz haben."

„Wo ist mein Hund?" Jan van Armen war aufgesprungen und stützte sich mit den Händen auf dem Tisch ab. Der Polizeibeamte hob beschwichtigend die Hände.

„Keine Sorge. Ihr Hund ist im Tierheim der Polizei. Er ist dort gut aufgehoben."

Jan van Armen sackte wieder auf den Stuhl zurück. Seine Hände ruhten auf einer fleckigen Hose, deren Farbe zwischen blau, grau und schwarz liegen mochte. Der Polizeibeamte tippte in seinen Computer und Jan van Armen starrte vor sich hin. Nach einer Weile fing der Drucker an, hin und her zu sausen, der Polizeibeamte schob ihm ein Blatt und einen Kugelschreiber hin und Jan van Armen unterschrieb etwas, was er sich nicht weiter durchlas. Auch der Polizeibeamte sagte nichts mehr. Nachdem er sich die Unterschrift besehen hatte, ging er zur Tür und bedeutete einem Kollegen, dass er den Mann abführen könne.

Die Nacht saß Jan angespannt auf dem Bett in seiner Einzelzelle, schwer atmend und sich ständig selbst beruhigend. Es war lange her, dass er sich in so einem abgeschlossenen und noch dazu kleinen Raum aufgehalten hatte. In seinem Kopf, so schien es ihm, waren die Nervenstränge extrem angespannt und er hatte Angst, dass es wieder knacken würde hinter der Stirn oder in der Mitte seines Kopfes. Dann würde er nicht wissen, was passieren wird. Er zählte immer bis drei und atmete tief ein. Eins, zwei, drei, tief einatmen, eins, zwei, drei, langsam ausatmen. Er fixierte einzelne Punkte und bemühte sich an den Park zu denken, an Bäume und Rasenflächen. Nur nicht an den Hund denken. Dann spürte er etwas bis in seine Kehle hochsteigen und er glaubte, jeden Moment zu explodieren. Es wurde schon hell, als er völlig erschöpft von der Konzentration auf das Zählen, Atmen und an Bäume denken zur Seite sackte und einschlief.

Die Tür schepperte plötzlich und kratzte über den Betonfuß-boden. Mühsam versuchte Jan sich zu orientieren. Er erkannte den Raum nicht gleich, erst als ein Polizeibeamter in der Zelle stand, kam der gestrige Tag wieder in sein Bewußtsein.

„Na, gut geschlafen? Endlich mal wieder n' Dach überm Kopf, was?", tönte der Beamte. Jan sah ihn benommen an. „Aber jetzt ist es vorbei mit dem Hotel auf Staatskosten. Los, komm mit." Der Beamte machte kehrt und Jan folgte ihm mechanisch. Sie gingen durch den Gefängnistrakt in einen Raum, in dem Jan gestern seine Sachen abgeben musste. Hier bekam er seine Habseligkeiten zurück. Das waren eine Tasche und eine Hundeleine. Er musste wieder unterschreiben und danach wartete er in einem angrenzenden Raum. Der Beamte vom vorigen Tag kam herein und zeigte auf einen Stuhl. Jan van Armen setzte sich.

„Sie können jetzt gehen. Jemand hat heute Morgen für Sie die fällige Strafe gezahlt, einen Schlüssel mit Adresse abgegeben und einen Maulkorb beigelegt."

Jan sah den Beamten entgeistert an.

„Haben Sie mich verstanden?"

Jan nickte langsam. Der Beamte schob ihm die Sachen zu und deutete auf die Tür.

„Ihr Hund wartet beim Pförtner auf Sie."

Fast zögernd stand Jan auf und verließ das Zimmer, mit dem Maulkorb und einem Briefumschlag, in dem er einen Schlüssel spürte. Beim Pförtner erwartete ihn sein Dobermann, der ihn stürmisch begrüßte. Jans Augen glänzten, er tätschelte den Kopf seines Hundes und strich ihm beruhigend über den Rücken. Dann liefen sie los, er wieder tief einatmend. Der Hund schaute zu ihm hoch und war so ausgelassen, dass Jan ihn einige Male zur Ordnung rufen musste. Immer wieder schaute Jan in den Himmel und fuhr mit der Hand durch die Luft, so als ob er versuchte, sie zu erspüren. In einem Park setzte er sich auf eine Bank und langsam zog Ruhe in ihn ein, er berührte die Rinde eines Baumes und pflückte einige Grashalme, die sein Hund dankbar fraß. Dann zog er den Briefumschlag aus der Tasche und öffnete ihn. Auf dem Zettel stand eine Adresse im Rozenkamp, das war eine Sackgasse, ganz in der Nähe seiner Straße, dem Aldenkamp, auf der er immer unterwegs war. Er machte sich auf den Weg, immer noch verwundert. Im Rozenkamp gab es zwar einige Wohnhäuser, aber was er mit der Adresse sollte und vor allem, was ihn dort erwartete, das wusste er nicht. Normalerweise übernachtete er in einem kleinen Park, der nördlich an den Aldenkamp angrenzte. Einige Zeit irrte er umher, bevor er sich richtig orientiert hatte. Die Adresse im Rozenkamp entpuppte sich als eine Garage, in der zwar einiges Gerümpel lag die aber sonst leer war. Eine Matratze und ein paar Decken lagen auf dem Boden. Das war ganz offensichtlich ein Übernachtungsangebot. Jan wollte es versuchen. Er ließ das Garagentor hinunter, legte sich hin und, da er die Nacht zuvor kaum geschlafen hatte, war er sehr schnell eingeschlafen. Sein Hund lag neben ihm. Jan wurde immer ruhiger.

Am folgenden Tag machte er sich zeitig auf und ging auf den Aldenkamp. So als ob nichts geschehen wäre. Ein erster 7erBMW kam an. Der Fahrer, ein Investmentbanker, strahlte Jan an und drückte ihm drei Euro in die Hand. „Ich bin heute bis 13 Uhr hier. Mensch, Jan, wo warst du denn, wir haben dich vermisst. Es war das totale Chaos gestern!"

Jan nickte und murmelte: „Jetzt bin ich ja wieder da." Der Mann lief schon auf ein gläsernes Hochhaus zu. Im gleichen Moment kamen ein Mercedes S-Klasse und ein Mini-Cooper. Der Mercedes-Fahrer drückte Jan eilig die Autoschlüssel und einen Zehn-Euro-Schein in die Hand und rief nur: „Heute wird es spät." Aus dem Mini-Couper stieg eine blonde Frau und lächelte Jahn an. „Wi aben disch alle ser vermisste." Sie drückte ihm etwas Kleingeld in die Hand und stöckelte davon. Jan lief zum Parkautomaten und löste die Parkscheine, befestigte sie am Auto oder legte sie hinter die Windschutzscheibe des Mercedes. Er prägte sich die Zeiten ein, wann er die Parkzeit verlängern musste. Dem Mercedes-Fahrer wird er um 18 Uhr den Rest der zehn Euro minus ein Euro ins Auto legen und den Autoschlüssel beim Pförtner des Hochhauses der Direkt-Versicherung abgeben. Um 18 Uhr endet die offizielle Bezahlzeit.

Schnell füllte sich der ganze Aldenkamp. Ihm schien, als ob die Autofahrer heute länger ihre Blicke auf ihm ruhen ließen und die Autofahrerinnen ihm ein breiteres Lächeln schenkten. Gegen neun Uhr war kein Parkplatz mehr zu haben, denn im Vergleich zu anderen Straßenzügen in Rotterdam kostet der Parkplatz hier nur zwanzig Cent pro Stunde. Da nehmen einige Parkende sogar einen Fußweg von fünf oder zehn Minuten in Kauf, um in ihre Büros zu gelangen.

Jan läuft den ganzen Tag die Straße auf und ab und achtet darauf, dass keines der hier parkenden Autos die Parkzeit überschreitet. Ist die Zeit abgelaufen, löst er ein neues Ticket und klemmt es hinter die Windschutzscheibe. Ab und zu geht er zum Getränkehändler oder in die Bäckerei und wechselt Geld, damit er wieder genügend Kleingeld für die

Parkuhren hat. Kommen die Besitzer am Nachmittag oder Abend zu ihren Wagen, winken sie ihm zu. Manchem Besitzer will er das Restgeld geben, denn es kommt vor, dass die Leute nur 20 Euro Scheine im Portemonnaie haben. Aber meist soll er das Geld gleich für den nächsten Tag behalten.

An diesem ersten Tag nach seiner Gefängnisnacht betrachtete Jan die Autobesitzer etwas genauer. Wer hat sich von diesen Menschen die Mühe gemacht, sich nach ihm zu erkundigen? Und dann auch noch die Strafe zu zahlen? Und ihm eine Garage zur Verfügung zu stellen? Er war ja einfach weg gewesen, anderthalb Tage lang. Als er morgens seine erste Runde über den Aldenkamp gedreht hatte, fuhr ein Polizeiauto neben ihm her und die fragten ihn irgendetwas. Ihm war erst gar nicht klar, dass die mit ihm sprachen und so hatte er auch nicht verstanden, was sie sagten. Dann saß er im Auto, sein Hund neben ihm, und sie fuhren alle weg. Ebenso plötzlich war er wieder hier. Sein Hund trug jetzt einen Maulkorb und es tat ihm leid, dass er dem Tier das antun musste. Aber wer hatte ihm geholfen? Und die Garage. Die erste Nacht war er so erschöpft gewesen, dass er nur schlafen wollte. Jetzt, wo die zweite Nacht vor ihm stand, war er nicht sicher, ob er doch lieber in den Park gehen sollte. Die Garage war größer als die Zelle, es war so ruhig und zog auch nicht. Er konnte sich noch nicht entscheiden. Der Herbst war nicht mehr weit und eigentlich wäre es nicht schlecht, wenn er in der Garage bleiben könnte. Sonst müsste er durch die halbe Stadt zur Unterkunft der Johanniter laufen.

Er sah die Männer mit ihren Anzügen und weißen Hemden, er sah sie mit glänzenden Lederschuhen aus ihren großen, schweren Autos steigen. Die Mäntel im Wind wehen, wenn sie auf die Bürogebäude zustrebten. Einige immer mit einem Handy am Ohr, andere mit einem Kaffeebecher in der Hand. Die Frauen in strengen Kostümen oder flatternden Kleidern, wie sie sich aus den tiefergelegten Cabrios herausschraubten, mondförmige Handtaschen und schmale Aktenköfferchen in den Händen schwangen und laut lachend Bekannte begrüßten. Nein, dachte er, er fühlte sich in der Hierarchie auf dieser Straße mit den Papierkörben auf einer Stufe, hier konnte die Hilfe einfach nicht hergekommen sein.

„Guck mal, wie die Alte Kaffee trinkt."

„Echt krass, eih."

Die beiden Männer schlugen sich beide Hände mit schallendem Gelächter auf die Oberschenkel. Der kleinere der beiden spreizte den kleinen Finger seiner rechten Hand ab und tat so, als ob er eine Tasse zum Mund führen würde, dabei schob er die Unterlippe nach vorn, dann den ganzen Kopf, setzte an, warf den Kopf in den Nacken und schlürfte dabei laut. Wieder lachten beide und wippten mit ihren Oberkörpern auf und ab.

„Hey, ist das nicht die Blonde aus der Parfümerieabteilung, auf die du so scharf bist? Schau, Ronny, dort." Der Kleine deutete auf eine Blondine, die mit einem jungen Mann am Tisch saß und eine Cola trank. Aus Ronnys Gesicht verschwand schlagartig jedes Lachen und er schaute aufmerksam auf das Paar.

„Fahr mal näher ran. Ich will sehen, wie der Wichser aussieht."

Als der Kleine etwas umständlich an der Bedienungsleiste die Kamera auszurichten suchte, schubste ihn Ronny mit der Schulter zur Seite. „Lass mich mal, das dauert ja ewig." Er zoomte das Paar näher heran.

„Kennst du den?"

„Nein, aber ich glaube, ich habe den schon öfter mit der Schlampe gesehen."

„Das ist keine Schlampe, verstanden!" schrie ihn Ronny an und hielt ihm dabei die Faust vors Gesicht.

„Ja, ist ja gut. Ich meins ja nicht so. Ich sage zu allen jungen Frauen Schlampe und zu den alten eben Alte."

Ronny hörte nicht mehr zu, sondern beobachtete das Paar. Sie unterhielten sich, lachten. Ab und zu nickte sie. Er konnte nicht erkennen, ob sie was miteinander hatten.

„Komm, lass uns mal gucken, was es heute zum Mittag gibt", versuchte der Kleine abzulenken und aktivierte einen anderen Bildschirm. Mit der Kamera suchte er die Theke des Selbstbedienungsrestaurants ab.

„Du denkst auch nur ans Fressen, was? Ich hab keinen Appetit mehr."

„Hehe, bist wohl verknallt in die Schl… eh, Blonde da."

„Ach, halts Maul."

Ronny stand auf und verließ das Zimmer. Im Hinausgehen schnappte er sich seine Zigarettenschachtel samt Feuerzeug. Auf dem Weg in die Raucherecke blaffte er zwei Kinder an, die durch das Treppenhaus rannten und sprangen. Das war nun mal verboten. Er rauchte mehrere Zigaretten. Als er nach fast einer Stunde zurückkam, saß sein Kollege immer noch vor den Bildschirmen und feixte leise vor sich hin.

„Ei, Alter, biste wieder aufm Schweinetripp?" Ronny setzte sich neben den Kollegen und betrachtete interessiert die Versuche des anderen, möglichst nah ran ans Geschehen zu zoomen.

„Hier, guck mal, ist das nicht eine scharfe Braut. Die hat sich gerade drei BH's geschnappt und will die jetzt anprobieren. Hoffentlich geht sie in die linke Kabine, in der rechten ist ja keine Kamera." Gebannt starrten beide auf die junge Frau, die auf die Umkleidekabinen zusteuerte. „Oh, scheiße,

verdammte Scheiße, Mann, jetzt geht sie in die rechte."
Enttäuscht schlug der Kleine auf die Tischplatte.

„Hättst wohl gern deren Titten gesehen, wa?"

„Na klar, du nich?"

Ronny johlte auf. „Guck mal, jetzt geht die Oma in deine Kabine. Da kannste vertrocknete Hängetitten anglotzen."

„Du musst nur Geduld haben. Da geht heute bestimmt noch ne heiße Braut rein."

„Wir müssen mal wieder ne Runde machen, Marco." Der Kleine schaute enttäuscht auf. Sie zogen ihre Westen über die Uniform und kontrollierten, ob sie ihren Ausweis der Sicherheitsfirma dabei hatten und die Zigaretten. Mit dem Ausweis kamen sie in alle Räume des Kaufhauses. Und die Zigaretten waren sowieso das Wichtigste.

Als sie durch den Keller stapften und kontrollierten, ob die Lager ordnungsgemäß verschlossen waren, sagte Ronny zu Marco: „Was meinst du, ob für den Macker von der Blonden ein Hausverbot drin is?"

Marco schaute ihn verdutzt an, er hatte den Typen schon wieder vergessen. „Wie willste denn das anstellen? Vielleicht ist es ja nur ihr Bruder."

„Ach, Quatsch, sie hat keinen Bruder. Der will was von ihr. Das sieht man doch."

„Naja, wenn du meinst. Irgendwie kriegen wir den schon ran, wenn wir wollen."

„Dann setz ihn auf die Beobachtungsliste."

Marco war sofort genervt: „Noch einen", stöhnte er. „Das schafft doch keiner mehr, die ganzen Typen zu beobachten."

Ronny blieb stehen und musterte Marco drohend. „Ich habe dir schon vor drei Tagen gesagt, dass wir zwar Sandkastenfreunde sind, aber hier bin ich der Chef."

Marco schlug die Augen nieder und Ronny hob erneut an: „Der nächste Bericht an deinen Bewährungshelfer ist bald fällig."

Marco nickte: „Ja, ist ja gut, ich machs ja."

Den restlichen Rundgang schwiegen sie. Marco hatte rote Flecken im Gesicht, als sie wieder in ihrer Zentrale ankamen. Es war jetzt 16 Uhr. In einer Stunde war Feierabend, aber Marco wusste, dass er das nicht schaffen würde. Ein neues Profil anlegen wird knapp eine Stunde dauern. Er musste die gespeicherten Bilder aus der Videokamera heraussuchen und nach dem Namen und der Adresse des Typen recherchieren. Als Mitarbeiter einer Sicherheitsfirma hatten sie da schon andere Möglichkeiten. Er würde nachsehen, ob der neue Kandidat eine Facebook-Seite hat und wenn ja, sich als Freund eintragen. Dafür musste er sich aber auch eine neue Identität zulegen und von einem anderen Server aus operieren. Also, es gab wirklich spannendere Dinge. Er würde einen Weg finden, den anderen kennenzulernen und nach Schwachpunkten auszuforschen. Und dann werden sie ihn drankriegen, denn jeder hat seine Schwachpunkte. Wie bei dem Nachbarn von Ronny, den sie geschickt als Pädophilen in Verdacht gebracht haben. Der war jedenfalls seinen Job und seine Wohnung ganz schnell los. Und das nur, weil der Köter ein paar Mal in der Nacht gebellt hatte. Ronny ist aber auch empfindlich. Bei dem Typen hier auch wieder. Nur weil der mit der Blondinen aus der Parfümabteilung eine Cola getrunken hat. Das beweist doch noch gar nichts. Vielleicht sollte er mal die Blondine ausforschen und ein Date für Ronny mit ihr vereinbaren. Der verklemmte Sack hat die bestimmt noch nicht mal angemacht. Verdammter Mist. Jetzt war es schon 17 Uhr. Wenn er noch die ganzen Leute auf der Beobachtungsliste durchchecken wollte, würde er wieder keine Zeit haben, in der Umkleide nachzusehen, was sich hier so für Frischfleisch aus- und anzieht. Verdammter Mist aber auch.

Ich kenne dich

An einem sonnigen Freitagvormittag betrat Viktor Roloff mit einem schweren Koffer das kleine Vestibül des Hotels *nice faces, beautiful places*, das ganz in grün-rotem Plüsch gehalten einen Eindruck „auf alt" machen wollte. Er steuerte direkt auf die Rezeption im hinteren, dunklen Teil des Vorraums zu, als der dort vor einem Computer sitzende junge Mann aufsah und ihm mit einem strahlenden Lächeln „Guten Tag, Herr Roloff, herzlich willkommen in unserem Hotel" zurief. Viktor Roloff blickte den korrekt in dunklem Anzug und Schlips gekleideten Mann erschrocken an. Woher kannte der seinen Namen? Er war noch nie in diesem Hotel gewesen. Sein verzerrtes Gesicht ließ den Angestellten amüsiert feststellen: „Sie wundern sich wohl, woher ich ihren Namen weiß."

Viktor Roloff nickte, noch immer sprachlos.

„Von Ihrer Facebook-Seite natürlich. Wir checken bei allen unseren Gästen, die per email ein Zimmer buchen, ob sie bei Facebook registriert sind. Dank der Fotos, die Sie dort eingestellt haben, habe ich Sie sofort erkannt."

Jetzt konnte sich Viktor Roloff auch ein Lächeln abringen.

„Ach so, ja, verstehe."

„Ich habe Ihnen Zimmer 35 reserviert, Herr Roloff, mit Blick auf den Platz und das Parkhaus. Sie mögen ja Autos so sehr und da ist immer etwas los."

„Vielen Dank."

„Frühstück ist ab 7.30 Uhr bis 10.00 Uhr. Als Frühaufsteher benötigen Sie sicherlich unseren Weckdienst nicht?"

Viktor Roloff schluckte. „Nein, vielen Dank, das ist nicht nötig. Sagen Sie mal, bereiten Sie sich auf alle Gäste so intensiv vor?"

Der junge Mann lächelte wieder und seine Zähne blitzten vor Zuvorkommenheit. „Natürlich, das gehört zu meinem Job. Unsere Gäste sollen sich hier wie zu Hause fühlen, in einer vertrauten, freundlichen Atmosphäre. Sie wissen schon, Stichworte Kundenfreundlichkeit und Kundenzufriedenheit."

Dann schob er ihm ein bereits ausgefülltes Anmeldeformular hin, auf dem er nur noch unterschreiben musste. Widerstandslos setzte er seinen Namen darunter.

„Ach ja", hob der junge Mann erneut an, „auf Ihrem Zimmer befindet sich natürlich ein Laptop. Sie haben eine Standleitung, können telefonieren und im Internet surfen, so viel Sie wollen, das ist alles im Zimmerpreis enthalten. Ich muss Sie nur darauf aufmerksam machen, dass wir die Telefonate zu Zwecken der Serviceverbesserung aufzeichnen und aus Sicherheitsgründen Ihre Internetbewegungen speichern."

Verständnislos starrte Viktor Roloff den Mann erneut an.

„Ja, das klingt komisch, ich weiß. Aber haben Sie bitte Verständnis dafür. Wie schnell ist der gute Ruf eines Hotels heutzutage ruiniert. Das sind wirklich nur Sicherheitsvorkehrungen. Wir geben Ihre Daten natürlich nicht an Dritte weiter."

Viktor Roloff nahm die Karte, mit der er sein Zimmer öffnen konnte und auf der sicherlich, wie er bei sich dachte, die Zeiten automatisch gespeichert werden, die er sich in und außerhalb des Zimmers aufhalten wird. Er schleppte seinen schweren Koffer zum Fahrstuhl und fuhr in die dritte Etage. Als er sein Zimmer öffnete, sprang sofort der Fernseher an und eine Blondine begrüßte ihn mit einigen dynamischen Sätzen. Er zog sein Handy aus der Tasche.

„Hallo, Leni, ich bin's…….. Ja, ich bin jetzt im Hotel. …….. Wo wollen wir uns treffen? In unserem Café? In einer halben Stunde? Ja, das schaffe ich. Ach, Leni, ich freue mich so sehr, dich zu sehen. Endlich. Bis gleich!"

Er legte auf, kramte ein neues Hemd aus dem Koffer und sprang schnell unter die Dusche. Frisch rasiert und parfümiert wollte er das Hotel verlassen, als ihn der junge Mann an der Rezeption freundlich heranwinkte. Viktor Roloff stöhnte innerlich auf und schwenkte von seinem Weg zum Ausgang ab und auf den Tresen zu. Der junge Mann schob ihm einen Zettel mit einer Nummer zu. „Kennen Sie diese Nummer?"

Viktor Roloff nahm den Zettel in die Hand und las die Nummer, dann schaute er den jungen Mann an: „Ja, das ist die Handy-Nummer meiner Frau."

„Genau", nickte der junge Mann, „die Handy-Nummer Ihrer Frau und wissen Sie, dass Ihre Frau gerade am Bahnhof angekommen ist?" Er drehte seinen Laptop zu Viktor Roloff und dieser konnte eine blinkende Karte betrachten.

„Das ist unser Handy-Ortungsprogramm. Ich wollte Sie nur darauf aufmerksam machen und Sie eventuell vor unange-nehmen Situationen bewahren."

Viktor Roloff klammerte sich an die Kante des Tresens, ein leichter Schwindel ergriff ihn, dann Wut. Er blickte noch einmal auf den Bildschirm und die blinkenden Punkte, mit ausgesuchter Höflichkeit sagte er zu dem jungen Mann, der ihn erwartungsvoll und irgendwie etwas stolz anblickte:

„Das ist sehr aufmerksam von Ihnen. Vielen Dank." Und verließ das Hotel.

Judas

Der Mann stand im nächtlichen Dunkel und beobachtete das hell erleuchtete Fenster im ersten Stock. Die schweren, roten Vorhänge gaben nur einen schmalen Streifen frei, zu wenig, um genauer sehen zu können, was sich im Inneren abspielte. Die lauten Geräusche ließen auf eine feucht-fröhliche Gesellschaft schließen. Eventuell eine Geburtstagsfeier oder ein neuer Posten, nun, Anlässe gab es genug. Der Mann schaute sich auf dem kleinen Vorplatz genauer um, auf dem er zwischen großen Marken-limousinen kaum auffiel. Er stand im Halbdunkel unter dem dichten Blätterdach eines Ahornbaums vor dem Stadthaus eines bekannten Landespolitikers, mit guten Chancen auf einen Ministerposten bei der nächsten Wahl.

Der einsame Beobachter war – was selten vorkam – zu Fuß auf dem Nachhauseweg aus der Redaktion hier vorbei-gekommen, als ihn ein schwarzer Mercedes E-Klasse über-holte und gerade vor ihm auf diesen Vorplatz einbog. Er wäre sonst weitergegangen. Aber sein Berufsinstinkt ließ ihn fast automatisch dem Wagen folgen und ebenso au-tomatisch die Nikon aus der Umhängetasche ziehen. Vielleicht bot sich ja ein exklusiver Schnappschuss.

Aus dem Wagen war eine überregional bekannte Politikerin ausgestiegen. Frau Wußmann, ein bekanntes Gesicht, eine kleine, zarte und zugleich energisch-zupackende Person. Das gute Gewissen der Nation. Eine Frau mit Ecken und Kanten, aber absolut glaubwürdig.

Ein leiser Pfiff entwich dem ungesehenen Verfolger. „Die Dame mit der weißen Weste", murmelte er ironisch. Kein

Mann ohne Eigenschaften, sondern eine Frau mit vielen positiven Eigenschaften. Ehrlich, aufgeschlossen, beherzt den Volkszorn vortragend, an Tabus rüttelnd. Tatsächlich war Marlies Wußmann eine der wenigen Politiker, die man noch als moralisch integer bezeichnen konnte. Wenn auch nicht ohne Makel, so man eine Scheidung heutzutage als Makel und nicht als Muss bezeichnen wollte.

Allerdings, sinnierte der Journalist, erscheint eine Scheidung in einer weiblichen Politikerkarriere immer noch schwieriger zu vermitteln als in einer männlichen, wo die mindestens dreißig Jahre jüngere Ehegattin schon zum guten Ton gehörte. Vielleicht könnte man ihr ja ein Verhältnis mit ihrem zwanzig Jahre jüngeren Fahrer andichten, überlegte er und stellte schon mal vorsorglich die Nikon scharf. „Brrr", schüttelte er sich bei diesem Gedanken.

Aber nichts. Frau Wußmann stieg aus, als ihr der Fahrer die Tür öffnete und sagte etwas zu ihm, was für den abseits Stehenden nicht zu verstehen war. Jedenfalls parkte der Fahrer den Wagen nahe dem Eingang, während Frau Wußmann die pompöse Außentreppe hinaufeilte und im Haus verschwand. Der Fahrer nahm eine kleine Tasche aus dem Kofferraum, sicherte den Wagen und verließ den Vorplatz Richtung Innenstadt. Offenbar hat sie ihn nach Hause geschickt. Feierabend.

In diesem Moment klappte die Haustür erneut und ein Herr in schwarzem Anzug stieg schwerfällig, fast hinkend die Treppe hinunter. Die beiden Augen im Halbdunkel des Vorplatzes wurden noch wacher und in ihnen blitzte das Wiedererkennen auf. Diesen Mann, der da die Treppe herunterhumpelte, kannte er doch. Wie hieß der gleich? Der Vorname mit J, Jonas? Johann? Judas? Der Nachname war wichtiger und der fiel ihm sofort ein: Letzterer. Herr Letzterer, Staatssekretär im Innenministerium, gute Kontakte zur Polizei, das war sein Ressort. Schon bewegte sich der Mann mit der Nikon auf den langsam Davongehenden zu.

„Hallo, Herr Letzterer, schon auf dem Heimweg?

Letzterer zuckte erschrocken zusammen und sah in das Dunkel, aus dem die Stimme zu ihm drang. Jetzt erschien der Mann zu der Stimme bereits im Lichtkegel der Jugendstillaternen, die die Treppe säumten. Letzterer lachte kurz auf.

„Hallo, Herr Winter. Sie lauern auch überall auf eine exklusive Story, was?"

„Eigentlich ja, aber hier bin ich jetzt tatsächlich zufällig vorbeigekommen."

„Ja, ja, diese Zufälligkeiten kenne ich. Rein zufällig."

Letzterer zog den Diphthong in „rein" mit einer besonderen Betonung sehr lang. Winter schmunzelte. „Was läuft denn da drin?"

„Nichts Besonderes, kleiner Empfang für gute Freunde."

„Und Sie schon auf dem Heimweg? Die besonders guten Freunde kommen wohl erst später?"

Letzterer hatte die Ausfahrt des kleinen Vorplatzes passiert und wandte sich in die Richtung des kleinen Parks, entgegengesetzt der Innenstadt, der der Fahrer wenige Minuten zuvor zugestrebt war. „Kann man so sagen."

„Sie sind doch nach dem letzten Wahlsieg, für den Sie so geknüppelt haben, ziemlich leer ausgegangen."

„Ach kommen Sie, Winter, was wollen Sie? Sie glauben doch wohl nicht im Ernst, dass ich mich dazu äußern werde."

Winter zeigte keinerlei Reaktion und lief langsam neben Letzterer her. „Gehen Sie auch zu Fuß nach Hause? Dann könnten wir gemeinsam gehen, ich habe nämlich auch keinen Wagen dabei."

„Ich gehe lieber allein. Danke."

Letzterer zögerte plötzlich, blieb fast stehen und wandte sich kaum merklich dem Journalisten zu. Als sei ihm ein Gedanke gekommen. Winter war das nicht entgangen, er schaute Letzterer aufmerksam, erwartungsvoll an und schwieg. „Sie können ja mal drauf achten, wer von den geladenen Gästen sich noch per pedes auf den Heimweg macht oder wer es gerade senkrecht zum Wagen schafft und dann nach Hause braust." Nach diesen Worten nahm Letzterer wieder ein schnelleres Tempo auf und drehte seinem Gesprächspartner abrupt den Rücken zu. Winter blieb instinktiv zurück. Hier kam er nicht weiter, musste er auch nicht, denn er hatte schon mehr gehört, als er gehofft hatte. Er lief zurück auf den Vorplatz und beobachtete weiter das hell erleuchtete Fenster. Der Geräuschpegel hatte sich verstärkt, lautes und schrilles Lachen, Wortfetzen in unterschiedlichen Tonlagen drangen in die Nacht. Er sah einzelne Silhouetten von Gästen kurz durch den schmalen Lichtspalt, den die Vorhänge freiließen. Auch Frau Wußmann erblickte er kurz, mit einem offenbar leeren Glas in der Hand und einem Bediensteten, der ihr gerade ein neues Glas reichte. Winter hatte eine Idee. Er wusste, wo die Dame wohnte, aber wie fuhr sie nach Hause? Winter nestelte seinen Ipod aus der Jackentasche und wählte den Routenplaner aus, der ihm prompt den schnellsten Weg zur Wohnung der Politikerin anzeigte.

Nach mehreren Stunden, die er im Halbdunkel des Vorplatzes zubrachte, klappte die Eingangstür des Hauses. Immer häufiger verließen einzelne Personen die Gesellschaft, liefen auf ihre Wagen zu und fuhren davon. Einige Gäste hatten sich offenbar auch Taxis gerufen, denn auf der Straße neben dem Park baute sich eine kleine Taxischlange auf. Winter wechselte seinen Standort, damit man ihn nicht bemerkte. Er war auf den Fußweg ausgewichen, verborgen von dem Torbogen zum Vorplatz. Von hier hatte er einen guten Blick auf die Haustür. Das Licht in dem Raum war erloschen, offenbar war die Party vorbei. Wenige Augenblicke später sah Winter eine kleine, lärmende und lachende Gruppe das Haus verlassen, in der Mitte Frau Wußmann. Sie schien zu taumeln, jedenfalls ergriff sie schnell das Geländer der Treppe. Den Wortwechsel verstand er nicht, er interessierte ihn auch nicht. Er hatte sein Handy gezückt und eine Nummer gewählt, als Frau Wußmann unsicheren Schritts auf ihren Wagen zusteuerte. Abschiedsworte und Gelächter lagen über dem Kopfsteinpflaster des Vorplatzes.

„Hallo Holger, hier ist einer deiner Pressefreunde. Macht doch mal an der Ausfallstraße Richtung Dorsdorf eine Alkoholprobe. Da kommen ein paar Promille zusammen. Schwarzer Mercedes, E-Klasse, hiesiges Kennzeichen. Springt 'n Tausender für dich und deinen Kollegen bei heraus, wenn ich erfahre wie hoch der Pegel ist. Der Tipp stammt übrigens von Letzterer."

„Werd' sehen, was ich tun kann."

Winter sah noch Frau Wußmann nach, wie sie den Vorplatz Richtung kleiner Park verließ, wie Letzterer einige Stunden früher. Dessen Vorname war ihm immer noch nicht eingefallen. Danach machte sich Winter selbst auf den Heimweg, für den er heute wirklich sehr lange gebraucht hatte. Richtung Innenstadt. Er nahm sich vor, am nächsten Tag wieder den Wagen zu nehmen. Diese Überstunden zahlt ihm ohnehin niemand. Aber dafür könnte er eine tolle Story bringen, vorausgesetzt der Polizist rief an und gab ihm die Promille der Politikerin durch. Dann war sein Arbeitstag immer noch nicht zu Ende.

Saluzzo oder das neue Leben

Mit einem Koffer in der Hand und einer kleinen Tasche stieg sie aus dem Bus, der in Saluzzo endete. Schon als sich der Bus der Stadt näherte, hatte sie die Umrisse des Monviso gesehen, der sich majestätisch hinter der Silhouette der Stadt emporreckte. Gewaltig, beschützend wie eine Wand. Sie stand auf dem kleinen Platz, der als Busbahnhof diente und ließ den Berg nicht aus dem Blick. Einige Autos fuhren an ihr vorbei und um sie herum. Starr stand sie und schien sich an den Berg anzulehnen. Später lief sie durch einige Straßen und nachdem sie eine öffentliche Telefonzelle gefunden hatte, wählte sie die Nummer des Hausmeisters von San Giovanni, die ihr eine Turiner Bekannte gegeben hatte. Der Hausmeister sagte, er erwarte sie und sie könne die Kirche nicht verfehlen. Sie ging durch die mittelalterlichen Gassen, in denen noch morgendliche Verschlafenheit hing. Die Arkaden schützten vor der Sonne, bald um hüllten sie ihren Körper. An den roten und blassgelben Fassaden der Palazzi und den mit geschnitzten Ornamenten versehenen Eingangstüren brachen sich die ersten Sonnenstrahlen. Sie fühlte diese verhaltene Wärme nach einer kalten und unruhigen Busfahrt. Plötzlich war sie so froh und zuversichtlich. Saluzzo war die richtige Wahl gewesen. Den Weg zu San Giovanni musste sie nicht erfragen, wie von selbst lief sie zur Kirche begleitet von dem Knarren der Rollläden, die die Ladenbesitzer aufzogen und dem dumpfen Aufschlagen der Fensterläden. Als sie vor der romanischen Kirche ankam, stand der Hausmeister vor dem Tor und begrüßte sie mürrisch, aber nicht unfreundlich. Er

zeigte ihr ein Zimmer, in dem früher die Dominikaner-
mönche gewohnt hatten. Das Zimmer könne sie eine oder
auch zwei Wochen bewohnen, dafür wolle er nicht viel
haben. Die Turiner Bekannte hatte ihr erzählt, dass er das
Zimmer unter der Hand vermietete, quasi durch Mund-zu-
Mund-Propaganda und nur an Einzelpersonen, schließlich
war man in einer Kirche. Sie saß auf der harten Pritsche und
atmete die etwas abgestandene Luft des Zimmers ein. Ein
niedriges, schwarzes Holzregal und ein kleiner Tisch standen
in dem schlauchartigen Zimmer. An den schmucklosen,
weißen Wänden hing nur ein Kruzifix. Neben der Tür ein
kleines, gesprungenes Waschbecken. Ihre Hand fuhr über
diesen Sprung, er war nicht scharf und hatte sich schon
dunkel in die Keramikoberfläche eingegraben. Sie zog ihre
Schuhe und Strümpfe aus und stand ganz fest auf dem
eisigen Steinfußboden. Vor dem vergitterten Fenster, aus
dem sie in den verwilderten Klostergarten hinaussah, hakte
sich ihr Blick an den gelbblühenden Disteln fest. Duschen
konnte sie in einem separaten Raum, schräg rechts durch
den Innenhof. Offenbar war es das Bad der Hausmeister-
familie, das sie mitbenutzte. Sie war beruhigt, bereits ihr
erster Gang durch die Arkaden zur Dusche kam ihr vertraut
vor. Zuflucht. Ruhe. Abgeschiedenheit. Fremdsein. Kein
Telefonklingeln, das sie erschrecken konnte. Ein Telefon
bringt Unsicherheit ins Leben. Sie hatte sich in Turin ein
mobiles Telefon gekauft. Mit einer aufladbaren Karte, auf
der ein geringes Guthaben war. Sie hatte nicht vor, von
diesem Telefon aus zu telefonieren. Sie überlegte, ob der
Kauf nicht ein Fehler war. Über ein Handy war der eigene
Ort bestimmbar. Sie wollte unsichtbar bleiben, wenn
möglich ohne Identität. Einstweilen war es allerdings

praktisch, ein Handy zu besitzen und überdies war es sehr viel unauffälliger bei der Wohnungs- und Arbeitssuche. Am späteren Abend, als es in dem Kreuzgang des Innenhofes noch stiller war als tagsüber, die Hitze des Tages einer erfrischenden Kühle gewichen war und auch aus der Hausmeisterwohnung keine Geräusche mehr drangen, nahm sie eine weitere Dusche, und ordnete ein wenig ihre Sachen. Sie wollte den Koffer nicht auspacken, nur das Notwendigste verstaute sie in dem Regal und schob den Koffer unter das Bett, nachdem sie ihn verschlossen hatte. Ohnehin war der halbe Koffer mit Geld gefüllt, sechzigtausend Euro in kleinen Scheinen. Sie hatte bereits in Turin auf verschiedenen Banken kleinere Summen verteilt, maximal zwölftausend Euro pro Bank und Konto. Zu viel Bargeld auf ein Konto einzuzahlen, sorgte für Aufsehen. Für fünf verschiedene Konten hatte sie eine passende Identität, mit Ausweis oder Reisepass. Sie würde, wenn es notwendig war, in den nächsten größeren Ort fahren, sei es Savigliano, Cuneo oder sogar Alba, um dort in einem Internetcafé ihre finanziellen Transaktionen durchzuführen. Das würde nur sehr selten notwendig sein, denn zum einen wollte sie hier vor Ort noch ein Konto bei einer kleinen Bank eröffnen und zum anderen wollte sie auch etwas Geld hinzuverdienen, um nicht aufzufallen. Als sie sich abtrocknete, betrachtete sie ihren Körper. Die Wunden an den Armen waren vernarbt, schmerzten aber immer noch, wenn sie mit dem rauen Handtuch darüber fuhr. Vorsichtig tupfte sie ihren Körper trocken. Wenn sie über ihre Narben strich, spürte sie tief in sich, dass sie ihre Feuertaufe bestanden hatte. Sie war angekommen in ihrem neuen, ihrem eigenen, geschenkten Leben. Auch wenn in diesem Leben die Haut noch schlaff und fleckig an den Oberschenkeln und an den Hüften herabhing. Sie wollte ihre Figur straffen, noch schlanker werden, Ihr einst helles Haar hatte sie kastanienbraun gefärbt und trug es länger. Hinter ihrer Sonnenbrille, die sie auf der Straße fast ständig trug, lagen braune, ruhige Augen in tiefen dunkelbraunen Höhlen. Sie trug fast nur Röcke, denn der die Schenkel umspannende Stoff von Hosen verursachte ihr Schmerzen. Jetzt legte sie ihren braunen Rock und ihre blassgelbe Bluse übereinander und schlüpfte in ein schwarzes, weites Kleid. In der abendlichen Spiegelung des Fensters erschien ihr Alter undefinierbar, quasi ausgelöscht. Sie legte sich auf ihr Bett und starrte an die Decke. Der Tag ging in die Dämmerung über bis die Nacht hereinbrach. Nur ab und an einige Schritte der Frau des Hausmeisters, die den Hund leise herbei rief, hallten in den Gängen des früheren Dominikanerklosters. Sie dachte an die Dinge, die sie einst besessen hatte. Dinge, die sie liebgewonnen hatte, die zu ihr gehörten und von denen sie sich nun getrennt hatte. Sie schlief so tief wie seit einigen Wochen, vielleicht sogar Monaten nicht mehr. Seit dem Tag, als sie ihre Chance plötzlich gekommen sah, als sie kurz entschlossen so handelte, als ob sie seit Jahren diesen Plan mit sich herumtrug.

Die ersten vier Tage verließ sie das Kloster nicht. Sie sah in den Garten von ihrer Klosterzelle aus. Es war ein stiller und sicherer Ort. Ihre Hand umschloss die Gitterstäbe vor ihrem Fenster. Die schwere, eichene Tür mit dem großen Schloss, die eiserne, leicht angerostete Türklinke kühlte ihre Handinnenfläche. Die Zelle war ihre Höhle, warm, abgeschieden, einsam. Oder sie saß in dem dunklen

Kirchenschiff, in der Kühle eines kleinen, seitlichen Andachtsraums.

Sporadisch begann sie über die lokale Zeitung nach einer längerfristigen Bleibe und nach einer Beschäftigung zu suchen, die sie wenig Zeit kostete und etwas Geld einbrachte. Sie bot Sprachunterricht an, Französisch und Deutsch, und fand nach wenigen Tagen zwei Schülerinnen. Eine Studentin, die nur freitags Zeit hatte, und eine ältere Frau, Signora Pozzi, die nur eine Querstraße von San Giovanni entfernt wohnte. Ihr Mann war Deutscher und nach seinem Tod war sie in ihre Heimat zurückgekehrt. Signora Pozzi wollte sich in deutscher Sprache unterhalten, den Klang der Sprache hören, der es ihr ermöglichte, in alten Erinnerungen zu schwelgen. Anfangs, bei den ersten Treffem war sie skeptisch gewesen und befürchtete, die alte Dame könnte zu viele Fragen stellen und ihre zurechtgelegten Antworten auf Fragen nach Herkunft, Vergangenheit und Gründe für ihren Aufenthalt nicht überzeugen. Die alte Dame sprach hauptsächlich über sich und ihren Mann. Es ergab sich der Kontakt zu einer Nachbarin, die ein Zimmer mit eigenem Bad vermieten wollte. So hatte sie nach fast zwei Wochen einen Ort gefunden, wo sie leben konnte. Vorerst zumindest.

Wehmütig schlug sie die schwere Tür ihrer Klosterzelle ein letztes Mal zu. Hier war der Anfang gewesen, der Anfang von etwas Neuem, Unbekannten. Der Anfang ihres Lebens. Der Anfang in dieser Stadt, die sie aus einem früheren Leben nur von einem nachmittäglichen Kurzbesuch kannte und die sie seitdem nicht vergessen konnte. Später, als sie schon längst nicht mehr in der kleinen Klosterzelle wohnte, betrat sie öfters das dunkle Kirchenschiff von San Giovanni und begab sich für einige Augenblicke in den Schutz des kühlen Kirchenraums.

Signora Rosa, bei der sie ihr schattiges Zimmer bezog, war eine weißhaarige, ernsthaft bis prüfend blickende Frau, die die siebzig überschritten haben dürfte. Sie erzählte, dass ihr Mann vor einigen Jahren gestorben war und dass sie seitdem sehr zurückgezogen lebte. Eigentlich wollte sie keine Mieter im Haus, aber ihrer kleinen Pension würde es gut tun wie auch dem Haus, denn ein leerstehendes Haus ist bald auch ein morsches Haus. Daher könne sie die gesamte obere Etage zur Verfügung stellen, auch die anderen Räume. Überdies habe sie, sagte Signora Rosa, den Eindruck an eine sehr ruhige Mieterin geraten zu sein, die ihr vielleicht auch ein wenig bei den Einkäufen helfen könne. Von da an erledigte sie die regelmäßigen Einkäufe für die Signora. Bei den kurzen Absprachen wechselten sie zumeist nur wenige Worte über das Wetter und die möglichen Entwicklungen des Wetters. Dabei blieb es. Ein freundlicher, kein vertrauter Umgang.

Sie stand an ihrem kleinen Fenster und blickte hinab auf die enge Gasse, wie sie sich von oben nach unten schlängelte. Rita Bernstein hieß sie hier. Es war ihre neue Identität, die Hauptidentität sozusagen. Die anderen Namen zählten nur für die Kontobewegungen.

Sie gewöhnte sich schnell an dieses neue Zimmer, das ebenso so kühl war wie die Klosterzelle. Nur dieses eine Zimmer bewohnte sie, vielleicht wollte sie später noch eines der angebotenen Zimmer in Besitz nehmen, aber für den Moment reichte ihr dieser quadratische, geräumige Raum mit einem Bett, einem Tisch am Fenster, einem Sessel, einem kleinen Schrank und dem Waschbecken. Sie saß oft in dem Sessel, lag auf dem Bett, stand an ihrem Tisch und häufig ohne Vorankündigung stiegen immer wieder die gleichen Bilder in ihr auf. Zerbrochene, zersplitterte und zerrissene Bilder, die lange keinen Zusammenhang ergaben. Bilder, die sich überlagerten, die ihr Übelkeit und Benommenheit verursachten. Immer wieder begann es mit einer Einstellung: wie sie sich an der Leitplanke festklammerte, gegen sie gedrückt wurde, dann durch die Nacht hetzte, durch ein Waldstück. Die Kälte der feuchten Erde, auf der sie eine Ewigkeit zu liegen schien. Der unausgesetzte Lärm von Autos, ein beständiges, nicht aufhören wollendes, schnurrendes Rauschen von LKWs. Mühselig in langen Momenten zersplitternder Bilderbruchstücke begannen sich ihre Erinnerungen zu ordnen. Erst in einzelne Standbilder, die plötzlich vor ihr auftauchten, dann kam ein Film in Bewegung. Häufig in der Abendkühle bei einem ihrer ausgedehnten Spaziergänge durch die mittelalterlichen Gassen. Sie saß vorn im Bus, mit dem Blick auf den Fahrer. Ein nach dem ersten Eindruck netter Typ, Robert, nach dem zweiten Eindruck ziemlich von sich eingenommen. Einer von denjenigen, die immer erzählen, was sie alles für den Kunden tun. Dem Kunden bleibt nichts anderes übrig, als ihn toll zu finden. In jener Nacht waren sie von einer Wochenendfahrt aus Paris zurückgekommen. Sie mochte keine Busreisen, aber ihr Mann Jens, um einige Jahre älter als sie, ließ sich kaum zu anderen Reisen bewegen. Es war so bequem, alles organisiert und geplant. Hotel, Essen, Stadtrundfahrt und etwas Zeit zur freien Verfügung. Sie fand diese Reisen wenig aufregend, die anderen Mitreisenden meistens nervig und der ständige Gruppenzwang machte sie schnell aggressiv. Aber sonst käme sie gar nicht raus. Bei der Rückfahrt hatte sie sich neben Rita Bernstein gesetzt, eine Frau ungefähr in ihrem Alter, auch mit ihrem Mann unterwegs. Sie hatten sich angefreundet, hatten einen ähnlichen Kleidungsstil und ihre Männer ähnelten sich irgendwie auch. Rita war eine aufgeschlossene Frau, der es wohl ähnlich ging wie ihr und die sich immer freute, wenn sie ihren Mann zu so einer Fahrt bewegen konnte. Ins Ausland fährt er nicht gern, hatte sie gesagt, dort spricht man kein Deutsch. Da werde man doch überall übern Tisch gezogen. Sie hatte nur genickt. Es waren drei schöne Tage in Paris gewesen. Jens war mit ihr in den Louvre gegangen und hatte die alten Gemälde sogar gemocht. Sie sind einige Stunden durch teure Pariser Geschäfte gebummelt und er hatte nicht gezuckt, als sie sich einen Rock für zweihundert Euro ausgesucht hatte. Sie sucht nach seinem Gesicht in ihrer Erinnerung. Die blassgrünen Augen über den leicht hängenden Wangen, seine weichen Lippen und sein Atem, den sie noch zu spüren schien, wenn er, was er oft tat, den Arm um sie legte. Sie sah ihn den Rasen vor dem Haus mähen, das Holz für den Kamin hacken. Sie sah ihn in seinem großen Geländewagen und rief sich seine ruhigen Atemzüge in Erinnerung, wenn er neben ihr schlief und sie grübelte. Mit Kindern wäre ihr gemeinsames Leben vielleicht anders verlaufen, vielleicht aber auch nicht. Sie spürte einen Anflug von Wehmut, wenn sie an ihn dachte. Sie würde ihm kein Grab bereiten können, nirgendwo Abschied von ihm nehmen. Sie hatte keinen letzten Blick für ihn gehabt, nicht einmal einen Gedanken. Sie verdrängte diesen Hauch von Schuld, der sich manchmal breitzumachen drohte und verspürte sogleich ein krampfartiges Ziehen in der Magengegend. Diese Jahre, all diese vertanen Jahre, die sich so sehr glichen, dass sie in ein langes, nicht enden wollendes Jahr zusammenfielen. Ihre Sehnsucht nach Abwechslung und Aktivität. Die ständigen Grenzen, auf die sie stieß, wenn sie spontan einfach mal raus wollte. Die hinfällige Mutter, die gepflegt werden musste. Das liebe Geld, die fehlende Zeit. Immer gab es etwas, das wichtiger oder notwendiger war als sie. Immer hatte sie das Gefühl, etwas steht vor ihr, sie muss etwas bei Seite schaffen, bevor sie Dinge tun konnte. Es war ein ständiges Ringen, das sie ermüdete und wenn sie dann endlich etwas erreicht hatte, was sie sich sehnlichst wünschte, war sie zu müde, um sich daran zu erfreuen.

Die ganze Rückfahrt hatte sie mit Rita geplaudert, über Haus und Garten, Paris und die Franzosen, die Widrigkeiten des Lebens. Ihr Gespräch war abrupt beendet, als ein anderer Fahrgast um Ruhe bat. Rita hatte die Augen verdreht und sich dann in die Ecke gekuschelt, ihren Pullover im Nacken. Sie konnte kein Auge schließen, eine Unruhe hatte sie beschlichen. Die Autobahn bei Nacht war langweilig. Sie hörte das Surren der großen schweren Trucks, den ruhigen Gleichklang des Busses, die absolute Ruhe im Bus. Ihr Blick fiel auf den Busfahrer, sie hatte ihn plötzlich zusammen-zucken gesehen. Aber nur aus dem Augenwinkel. Der Bus schlingerte leicht, aber er hatte ihn schnell wieder im Griff. Sie war erschrocken, hellwach und fixierte den Busfahrer. Plötzlich knickte der Busfahrer zur Seite weg. Sie sprang auf ihn zu, wollte ihn wachrütteln, doch in dem Moment brach der Bus durch die Leitplanke, geistesgegenwärtig streckte sie sich nach dem Knopf oberhalb der Tür, die sich auch sofort öffnete. Später konnte sie nicht mehr genau rekonstruieren, was nach diesem Moment geschah. Sie versuchte, aus dem Bus zu kommen und wurde gegen die Leitplanke gedrückt, der Bus glitt an ihr vorbei in die Tiefe. Vielleicht wurde sie auch aus dem Bus geschleudert, flog gegen die Straßenbegrenzung auf den oberen Beginn des Abhangs, wo sie in ein Gebüsch gedrückt wurde. Als sie wieder zu sich kam, lag sie zusammengekrümmt unter der Leitplanke, voller Erde, mit Schmerzen in den Armen und im Rücken, ihre Finger krallten sich um eine weiße, schmutzige Handtasche. Das war nicht ihre eigene, sondern die von Rita Bernstein. Ihrem Eindruck nach erhob sie sich sehr langsam, mühselig, schwindelnd als sie in die Tiefe blickte. Dort sah sie einen Feuerball. Dann lief sie los.

Später beim Nachdenken über diesen Augenblick war sie sicher, dass in diesem Moment etwas in ihr zerriss. Sie meinte, es knackte in ihrem Kopf. Mehrmals hintereinander. Es war wie ein Moment des Irrewerdens. Sie rannte los, hinter der Leitplanke durch die Nacht. Irgendwann kam sie in einer Autobahnraststätte an. Es war hier sehr ruhig und sie kam etwas zur Besinnung. Sie stand auf dem Parkplatz, inmitten von großen Trucks, Wohnmobilen und vereinzelten Pkws. Leise Stimmen drangen zu ihr, vor allem aber das Rauschen der vorbeifahrenden Autos auf der Autobahn. Sie wusste nicht, wo sie hinsollte und ging fast automatisch auf die Toilette, dort sank sie erschöpft neben dem Toilettenbecken in eine Ecke auf die kalten Fliesen, umschlang ihre Beine mit den Armen und legte den Kopf auf die Knie. Als sie wieder wach wurde, kreischte es über ihr, sie hörte nur Stimmen, die zu ihr drangen, sie verstand nichts und blinzelte nach oben gegen das Licht. Eine schwarzhaarige Frau stand über ihr, schrie auf sie ein und griff nach ihrem Arm. Sie wurde hochgezerrt, aus der

Toilette herausgeschubst in den Vorraum, wo mehrere Waschbecken waren, Spiegel und ein Putzwagen neben weiteren Frauen stand. Auch sie redeten durcheinander und starrten sie mit weitaufgerissenen Augen an. Die resolute Schwarzhaarige stieß ihre Hand gegen sie:

„Was ist? Was du machen hier? Hier keine Pennerasyl."

Sie stammelte:

„Ich bin kein Penner. Ich... hatte... einen Unfall..... Ich.... Mein Mann....."

„Was? Du Unfall? Und du einen Mann? Du bist Penner, das sieht jeder, alles kaputt."

Und sie wies auf ihre Kleidung. Die Hosen waren zerrissen, die Haut, die darunter sichtbar wurde, war rot und schmutzig. Ihre Bluse war an beiden Armen zerrissen, aber kein Blut, es war kein Blut zu sehen. Ihre Haare waren verfilzt wie sie bei einem Blick in den Spiegel feststellte.

„Von wem hast du geklaut?" - fragte eine andere Frau und zeigte auf ihre Handtasche.

Da wurde ihr erst bewusst, dass sie die ganze Zeit die kleine weiße Lederhandtasche in der Hand hielt und offenbar nicht losgelassen hatte. Später grübelte sie oft über diese Tasche, denn es war nicht ihre Tasche. Es war die von Rita Bernstein. Sie versuchte sich zu erinnern, wo diese Tasche vor dem Unfall gelegen hatte. Und vor allem, wie sie zu dieser Tasche kam. Sie muss instinktiv danach gegriffen haben, kurz vor dem Unfall, in der Annahme, es sei ihre eigene. Sie musste so verwirrt auf diese Handtasche gestarrt haben bei der Frage, dass die Frauen anfingen zu lachen.

„Raus, los raus, lass dich hier nicht wieder blicken, sonst müssen wir Chef sagen."

Die Schwarzhaarige sprach energisch und schob sie dabei aus dem Vorraum und drückte ihr noch etwas in die Hand, fünf Euro wie sie später feststellte. In diesem Moment kam ihr der Gedanke, sich diese Situation auf eine ganz besondere Art und Weise zunutze zu machen.

Sie verließ die Raststätte, es war frühmorgens, noch dämmerig, neblig und kalt. Unbemerkt stieg sie über die Fahrbahnabgrenzung und humpelte langsam den Hang hinab, auf ein kleines Wäldchen zu. Sie wollte zu dem Unfallort zurück, sehen, was dort los war, aber sie konnte sich nicht mehr erinnern, beim besten Willen nicht mehr erinnern, aus welcher Richtung sie gekommen war. Es musste auf dieser Seite der Autobahn gewesen sein, sie hätte niemals die Autobahn überqueren können, ohne überfahren zu werden. Sie legte sich ins Gras und Tränen liefen über ihre Wangen. Es war anders, alles war ganz anders, sie konnte nicht genau sagen, was, aber sie fühlte sich plötzlich in einem anderen Leben. Sie wusste nicht mehr, wer sie war, sie wusste nicht, was mit ihr geschehen war. Sie lag im Gras und wollte sterben. Sie hatte Durst, ihr Mund brannte, doch zur Raststätte wollte sie nicht zurück. Sie sah sich den Hang genauer an und stellte fest, dass hier ziemlich viel Müll lag, halbvolle Flaschen, Cola, Wasser, halbverschimmelte Brötchen, Brotreste. Sie spürte keinen Ekel, als sie die Neigen austrank und sie schmeckte nicht, was sie aß. Während der Suche am Hang drang der Lärm von Sirenen zu ihr vor. Sie sah dem vorbeizuckenden Blau nach und verstand langsam, dass das mit ihr zu tun haben könnte. Mechanisch ging sie in die Richtung, in die das Blau zu rasen schien, und versuchte aus der Ferne das Geschehen zu beobachten. Sie konnte Feuerwehr, Krankenwagen, Polizei ausmachen. Ein Kran stand am Straßenrand. Die Autobahn schien gesperrt zu sein. Es packte sie die Angst, man könnte sie entdecken. Und jemand käme vielleicht auf die Idee, sie sei schuld an der Sperrung der Autobahn. Sie lief schnell wieder in Richtung Raststätte zurück, verbarg sich in dem Wäldchen und durchsuchte Ritas Handtasche. Ausweis, Hausschlüssel, ziemlich viel Geld 300 Euro, ein Telefonbuch. Sie beschloss, sich auszuruhen und in ihrem Versteck zu bleiben. Als der Abend hereinbrach, pirschte sie sich an den Parkplatz heran und beobachtete aus einem Gebüsch die ankommenden Fahrzeuge. Der Parkplatz war voll, weil sich offenbar ein langer Stau gebildet hatte. Sie hielt Ausschau nach Frauen von ihrer Größe, wenn möglich ohne Begleitung. Unterwegs hatte sie ein Stück Draht gefunden, mit dem sie das Türschloss eines Autos knacken wollte. Sie hatte das mal bei einigen türkischen Jungs gesehen und einmal in der Not hatte sie ihr eigenes Auto knacken müssen. Sie wartete und sah eine Frau, schlank, brünett, mittelgroß, etwas stämmig, sie schätzte Größe 44, das müsste passen. Die Frau war allein unterwegs. Als sie zur Toilette eilte, schlich sie sich langsam an das Auto heran. Die Beifahrertür war nicht einmal verschlossen. Schnell durch-wühlte sie das Handschuhfach, fand etwas Geld und Ausweispapiere. Eine Jacke auf dem Rücksitz. Das nahm sie an sich und verschwand wieder. Zurück in ihr Versteck. Am ganzen Körper zitternd.

Einige Tage später schlich sie wieder zum Parkplatz, langsam begann sie systematisch mit der Beobachtung von Auto-fahrern und ihrem Verhalten. Wenn sich eine günstige, relativ ungefährliche Situation bot, nutzte sie diese und kam auf diese Art und Weise zu Ausweisen, Kleidung und vor allem zu Geld. Es war erstaunlich, wie viele Leute größere Summen Geld in ihrem Auto transportierten. Sie hätte so etwas nie gemacht. Früher. Jetzt war das etwas anderes. Einmal bot sich ihr die Gelegenheit, mehr als die im Höchstfall einige Hundert Euro zu erbeuten. Sie hatte beobachtet, wie die Einnahmen des Tages von einer unauffälligen Limousine, einem Mercedes mit abgedunkelten Scheiben, abgeholt wurden. Zufällig hielt sie sich an der Rückseite des Schnellrestaurants auf, als die beiden Fahrer den Chef begrüßten, einen graumelierten Herrn, den sie vom Sehen kannte. Er fragte, ob die Fahrer Zeit für einen Burger hätten. Sie nickten, heute ja. Er wies auf das bereitgelegte Geld und ging nach vorn in die Küche. Der eine Fahrer zog seine Zählmaschine aus der Tasche und ließ das Geld durchlaufen. In Stapeln legte er es in den Koffer. Sie beobachtete ihn durch einen schmalen Lüftungsschlitz und schaute immer wieder hinter sich, ob nicht auch jemand sie beobachtete. Als der Fahrer fertig war, ließ er das Schloss des Koffers zuschnappen und trug etwas auf einer Liste ein. In dem Moment rief ihn der andere Fahrer und sie sah, wie er das Büro verließ. Sie witterte ihre Chance, schlich durch die niedrige Tür in den hinteren Teil des Gebäudes. Der graumelierte Herr war zurückgekehrt und hatte den beiden Fahrern ein Tablett mit Essen hingestellt. Sie beugten sich über das Tablett und der eine Fahrer sagte, sie wollten schnell im Stehen essen, damit sie weiterkämen. Da war sie schon im Büro verschwunden, hatte den Koffer geöffnet und einige Stapel Geld in ihrer Leinentasche verschwinden lassen. Wie eine Katze huschte sie zurück ins Freie, vorsichtig sah sie sich um und verschwand hinter den Büschen. Sie konnte nur hoffen, dass der Chef die Liste quittierte und die Fahrer sich auf den Weg begaben, ohne noch einen Blick in den Koffer zu werfen. Aus einer größeren Distanz sah sie, wie die Fahrer lachend mit dem Koffer in der Hand das Restaurant verließen, dem Chef noch zu winkten und dann davon fuhren.

Sie konnte sich nach und nach ein gepflegteres Äußeres zulegen und musste nicht nur bei Nacht aktiv werden. Tagsüber war die Auswahl sehr viel größer und die Unachtsamkeit der Menschen auch. Peinlich genau achtete sie darauf, dass niemand vom Autobahnpersonal sie bemerkte, sie trug immer andere Kleidung und lief oft kilometerweit in einen nahe gelegenen Ort, um sich mit Essen und Wasser zu versorgen. Häufig blieb aber auf der Raststätte genug liegen, um satt zu werden. Mit der Zeit überkam sie Ekel und sie schaffte es häufiger nicht, die weggeworfenen Speisen aus dem Müllbehälter zu fischen und aufzuessen. Das Gefühl für die Zeit war ihr abhandengekommen. Sie wusste nicht mehr, wie lange sie hier in diesem kleinen Wäldchen nahe der Autobahn lebte. Wie oft sie an der Brücke entlang zu einem kleinen Unterstand gegangen war, wo sie sich ins Gras legte und schlief. Sie war wie benommen. Es mochten Tage sein, wohl eher Wochen. Irgendwann fiel ihr eine Zeitung in die Hand, in der halb verschimmeltes Obst eingewickelt war. Sie durchblätterte die Zeitung, wie viele andere Zeitungen auch, die ihr in die Hände fielen. Aber bei dem Wort *Busunglück* blitzte irgendetwas in ihr auf, plötzlich, fast schmerzhaft. In dieser Zeitung las sie, dass bei einem Busunglück auf der Autobahn A** alle Insassen ums Leben gekommen waren. Der Busfahrer hatte einen Herzinfarkt erlitten, der Bus war ungebremst eine Böschung hinabgerast und in Flammen aufgegangen. Alle Insassen seien verbrannt, nur gut die Hälfte konnte noch identifiziert werden. Lediglich eine Ungereimtheit konnte nicht aufgeklärt werden: die vordere Tür stand offen und laut Unfallrekonstruktion musste die Tür bereits vor dem Brand offen gestanden haben. Wie sich dieses Detail in den Unfallablauf einfügte, blieb den Experten unklar. Es war dieses Detail, dass sie wieder zu sich kommen ließ. So eine Art Bestätigung ihrer selbst und ihrer Existenz. Sie schien langsam wieder zu sich zu kommen, wach zu werden. Und sie fragte sich, was sie hier eigentlich noch tat. Mehrere Tage lag sie danach in dem Wäldchen, die Nächte wurden langsam kühler. Ihr Mann war tot. War er wirklich tot? Ihr altes Leben war auch tot, ohne ihn. Sie zählte das erbeutete Geld und fand, dass es für den Start in ein neues Leben ausreichen dürfte. In ein ganz neues, anderes Leben, an einem anderen Ort, mit einem anderen Aussehen und einem einzigen Ziel: Leben, ihr Leben leben.

Staugefahr

Also, ich heiße Fauzi und wohne in Jakarta. In Ost-Jakarta, in einem der zahlreichen Unterbezirke. Ich bin Büroangestellter bei einer kleinen Firma, die Schuhe herstellt, und mache dort die Buchhaltung. Ich habe bisher noch nie etwas über mein Leben aufgeschrieben und ich habe auch nicht vor, das noch einmal zu tun. Aber jetzt geht es nicht anders, ich muss das loswerden. Ich habe nämlich etwas verstanden. Und vielleicht schicke ich dann diese Seiten nach Sizilien, obwohl das sicherlich Quatsch ist, denn die Leute dort werden wohl ebenso wenig indonesisch verstehen wie ich italienisch. Vielleicht liest meine Tochter Sinta diese Seiten und sicherlich wird sie dann einige Dinge in ihrem und meinem Leben besser verstehen.

Aber bevor ich mit meiner Geschichte beginne, muss ich noch eine Besonderheit von Jakarta erklären. In dieser Stadt sind jeden Tag sieben Millionen Autos unterwegs, bei zehn Millionen Einwohnern. Völlig klar, dass man hier nur im Stau steht. Es ist die Hölle! Ich habe einen Weg von 15 km, den ich jeden Tag zurücklegen muss und wenn ich gut durchkomme, brauche ich zwei Stunden, oft aber mehr, ich war auch schon mal fünf Stunden unterwegs. Und abends noch mal das gleiche zurück. Unsere Stadtregierung hat daher ein Gesetz erlassen, nachdem in jedem Auto mindestens drei Personen sitzen müssen, sonst darf man die großen Zugangsstraßen nicht passieren. So richtig hat das nichts gebracht, denn jetzt gibt es die „Jockeys", das sind moderne Stricher, wie ich sie immer nenne, denn sie stehen zu Tausenden an den Zugangsstraßen und bieten sich für ein paar Rupien als Mitfahrer an. Meistens braucht man zwei davon. Bei uns zahlt man also nicht dafür, dass man mitgenommen wird, sondern man zahlt die Leute dafür, dass sie bei einem mitfahren. Irre, nicht wahr?

Oft nehme ich Nachbarn aus meiner Straße mit, aber an jenem Morgen war ich allein. Es war Mitte August, und der Morgen gab schon einen Vorgeschmack auf einen wieder sehr heißen Tag. Dann natürlich die ganzen Autoabgase, also ich war schon nach fünf Kilometern richtig durchgeschwitzt und musste jetzt nach Mitfahrern Ausschau halten. Da sah ich diesen alten Mann, nahe der Eisenbahnbrücke. Er war untersetzt, leicht nach vorn gebeugt mit wirren, grauen Haaren und einem gegerbten Gesicht voller Falten. Ich hätte schwören können, dass ich den schon mal mitgenommen hatte. Aber man sieht in Jakarta jeden Tag so viele Gesichter, dass ich mir nicht sicher war. Er sah europäisch aus, das war keiner von hier. Irgendwie fand ich ihn auf den ersten Blick interessant, wie er so schicksalsergeben auf die vorbei ruckenden Autos starrte und keine Zeichen machte wie die anderen Wartenden. Er hielt ein kleines Pappschild vor dem Bauch mit einer großen Acht. Also acht Rupien wollte er haben. Das war ein guter Preis. Die meisten wollten mehr. Ich hielt an und machte ihm ein Zeichen, dass er einsteigen könne. Als er die Tür öffnete, rannten gleich noch vier Leute auf mein Auto zu und rissen die Hintertüren auf. Ich raunzte sie an, dass ich nur acht zahle. Zwei machten sofort schimpfend kehrt, zwei weitere Männer, der eine offensichtlich ein Pakistani, sagten, das sei in Ordnung. Ich winkte ihnen und sie setzten sich gleich auf die hintere Sitzbank. Der Alte hatte neben mir Platz genommen und mir zugenickt. Einer der Männer hinten fuchtelte, kaum, dass er saß mit der Hand und mir wurde klar, dass er sein Geld gleich wollte. Ich gab ihm acht Rupien. Natürlich für beide zusammen, denn ich musste ja nur noch eine Person mitnehmen. Bei dieser Gelegenheit gab ich auch dem alten Mann sein Geld. Er nickte wieder und schob die Münzen in die Tasche seines grauen, etwas schmutzigen Jacketts.

Im Schritttempo schoben wir uns vorwärts. Die beiden Männer hinten unterhielten sich leise. Der alte Mann schwieg und ich sowieso. Ich hatte im Auto gern meine Ruhe.

Plötzlich zuckte der alte Mann zusammen und sein Kopf schlug nach hinten gegen die Kopfstütze. Mit seiner rechten Hand riss er sein Hemd auf, als ob es zu eng sei, sein grau behaarter Brustkorb hob und senkte sich sehr schnell, er hechelte, fing an zu röcheln, weil er ganz offensichtlich keine Luft mehr bekam. Seine Augen waren weit aufgerissen und Schweiß rann über sein Gesicht, das ganz fahl geworden war. Er stöhnte laut auf und sackte in sich zusammen.

Ich konnte zuerst gar nicht reagieren, dann rüttelte ich ihn entsetzt an der Schulter und schrie auf ihn ein. Aber er blieb zusammengesunken sitzen, reglos. Die Männer hatten aufgehört zu reden und wir starrten alle drei auf den Mann. Ich fühlte seinen Puls, konnte ihn aber nicht finden, dann sein Herz. Nichts. Ich hatte schon häufig Tote gesehen, bei dem letzten Erdrutsch in meinem Heimatdorf und bei dem großen Erdbeben vor zwei Jahren. Mir wurde ziemlich schnell klar, dass der Mann tot war.

„Ich glaube, er ist tot", sagte ich zu den Männern und schaute sie an. „Was machen wir jetzt?" Sie waren entsetzt, schüttelten die Köpfe, gestikulierten wild und rissen sofort die Türen auf, weg waren sie.

Toll, jetzt war ich mit dem toten Alten allein. Was sollte ich machen? Ich dachte sofort, dass ich wohl zu spät zur Arbeit kommen würde. Dann befühlte ich und rüttelte den Alten noch einmal. Nichts, keine Reaktion, kein Zeichen, dass er noch lebte. Für unvorhergesehene Fälle hatte ich ein Handy, obwohl ich mir eigentlich keins leisten konnte. Ich rief also in einem Krankenhaus an und sagte, dass hier ein Mann in meinem Auto einen Herzanfall erlitten habe. Als ich meine Position durchgab, sagte die Frau, dass sie nicht zu mir kommen könnten, ich müsse mit dem Mann schon herkommen. Das Krankenhaus lag in entgegengesetzter Richtung zu meinem Arbeitsplatz. Das würde mich einige Stunden kosten. Verdammt!

Ich rief meinen Chef an und sagte ihm, dass meine Frau heute früh gestürzt sei und ich sie unbedingt ins Kranken-haus bringen müsse. Er brummte nur. Wenn ich ihm die Wahrheit erzählt hätte, hätte er mich gefragt, warum ich nicht zugeben will, dass ich gestern Abend zu viel gesoffen hätte.

Wenn meine Frau Aditya nur hier wäre, mir helfen könnte oder mir sagen könnte, was ich am besten tun sollte. Aber Aditya ist nicht bei mir, sie wird nie wieder bei mir sein, sie ist tot, bei diesem Erdrutsch in meinem Heimatdorf, als ich so viele Tote gesehen habe. Scheiße, Scheiße, Scheiße.

Ich sah zu dem Alten und griff in seine Jackentasche, erst mal nahm ich mir meine acht Rupien. Dann überlegte ich, ob er nicht noch mehr Geld bei sich haben könnte, und durchwühlte seine Taschen. Schließlich bereitete er mir wirklich Unannehmlichkeiten. Dabei fiel mir sein Pass in die

Hände und ich las, dass er Giovanni Di Natale hieß und aus Italien kam, aus Palermo. In dem Pass lagen vier Fotos, alte Fotos, das sah ich sofort an der Farbqualität, die waren bestimmt zwanzig Jahre alt. Auf dem ersten Foto war eine junge Frau, vielleicht Anfang dreißig, in einem weißen Kleid mit einem schwarzen Seidenschal. Sie hatte kurzes, dichtes, schwarzes Haar und schwarze Augen. Sie lächelte und ihr offenes Gesicht war richtig schön. Ob das seine Frau war? Die drei anderen Fotos waren von Kindern. Ich steckte die Fotos gleich wieder in den Pass und dem Alten in die Jackentasche. Dafür hatte ich jetzt keinen Nerv. Einige Rupien fand ich noch, aber nicht der Rede wert.

Im Krankenhaus empfing mich eine junge Ärztin, Frau Ratamani stellte sie sich vor. Sie rief zwei Pfleger und wir hievten den Mann aus dem Auto auf eine Trage. Sie stellte seinen Tod fest und bat mich für die Formalitäten in ein Büro.

Ich sagte ihr, dass ich mit dem Mann nichts zu tun habe, er sei ein Jockey, ich habe ihn nur mitgenommen und müsse jetzt endlich zur Arbeit. Ich habe keine Zeit für irgendwelche Formulare. Sie sah mich eine Weile schweigend an, dann sagte sie ganz ruhig: „Ja, Sie hatten nichts mit diesem Mann zu tun, aber ihr Weg hat sich mit seinem Weg gekreuzt und jetzt haben Sie etwas mit ihm zu tun." Das leichte, heisere Timbre ihrer Stimme erinnerte mich an Aditya, wenn sie unzufrieden war und angestrengt ruhig sprach, so als wollte sie ihre Worte nicht aggressiv klingen lassen.

Als ich endlich gehen konnte, legte sie ihre Hand auf meinen Arm und bat mich, doch in der Wohnung des Mannes vorbeizuschauen, vielleicht wartete jemand auf ihn, vielleicht gab es Angehörige. Ich schüttelte den Kopf. Warum sollte ich das denn tun? Sie sagte nur, es müsse ja nicht heute oder morgen sein, aber schön wär's. Dann gab sie mir einen Zettel mit seiner Adresse.

Kurz nach der Mittagspause traf ich in der Firma ein und mein Chef warf mir einen Blick zu, der mir klar machte, dass ich diese Stunden vom Lohn abgezogen bekommen würde und mir in der nächsten Zeit keine ähnlichen Kapriolen leisten durfte. In den anschließenden drei Wochen blieb ich bis zum späten Nachmittag und schob freiwillig Überstunden.

Auf dem Heimweg, wenn ich an der alten Eisenbahnbrücke vorbei kam, musste ich immer wieder an den alten Mann denken und an das Foto der schönen Frau in seinem Pass. Wenn ich das Foto vor meinem inneren Auge sah, nahm die Frau nach einer Weile Adityas Züge an, sie hatte ebenso schwarzes Haar gehabt, nur länger, ihr Gesicht war voller gewesen, ihre Augen etwas runder und um ihre Mundwinkel spielte stets ein verschmitztes Lächeln. Unter der Wärme ihres Blicks habe ich meine schönsten Jahre verlebt. Ich sehe sie oft im Türrahmen stehen, mir entgegenblickend, mich mit ihren warmen Armen begrüßend. Dieser Erdrutsch hat sie begraben, schreiend und rasend vor Angst hatte ich die Erde beiseite geschaufelt. Als ich sie endlich gefunden hatte, musste ich feststellen, dass sie von einem Dachbalken unseres eigenen Haus erschlagen worden war. Die Hütte wollte ich danach nicht ein drittes Mal aufbauen, ein Erdbeben hatten wir schon hinter uns, aber die Hütte war verloren gegangen. Jetzt dieser Erdrutsch, wer weiß, was als nächstes kommen wird, dachte ich damals. Vielleicht eine Überschwemmung, die alles mit sich fortreißt. Ich wollte weg. Sinta und ich fanden Aufnahme bei einer Tante und einem Onkel von Aditya, eben in Ost-Jakarta. Sinta ist tagsüber bei der Tante. Wenn ich morgens losfahre, steht sie am Fenster und winkt mir nach, bis ich um die Ecke gebogen bin. Wenn ich abends nach Hause komme, steht sie am gleichen Ort und wartet. Manchmal stundenlang, sagt die Tante. Sie ist nicht vom Fenster wegzubekommen. Dieser verdammte Stau. Vor einem Monat hatten wir endlich eine eigene kleine Wohnung in der gleichen Straße gefunden und mussten nicht mehr bei den Verwandten wohnen. Manchmal wird mir richtig schwindlig, wenn ich daran denke, dass wir jetzt schon in das dritte Jahr ohne Aditya gehen. Eintausend und zehn Tage ohne sie. Eigentlich spreche ich nicht davon, zu niemandem. Auch nicht mit Sinta. Auf der Arbeit weiß niemand, dass ich meine Frau verloren habe. Das geht auch keinen etwas an. Hinter mir hupte es laut, ich hatte nicht schnell genug aufgeschlossen zum vorderen Auto. Verdammt.

Mehr als ein Monat verging, ehe ich beschloss – die Worte von Frau Ratamani und vor allem das Timbre ihrer Stimme noch im Ohr – die Wohnung des alten Mannes aufzusuchen, zumal sie auf meinem Heimweg lag. Ich fand heraus, dass er ein einziges Zimmer im Keller bewohnt hatte. Als ich das Zimmer aufschloss, schlug mir ein muffiger Geruch entgegen. Ich öffnete das Fenster, um frische Luft, vor allem aber um Licht in den Raum zu lassen, denn ich konnte kaum etwas sehen.

Dann sah ich diesen Altar in der Ecke. Mir stockte der Atem. Ein Altar aus weißem Marmor, bis zur Zimmerdecke, mit roten Rosen dekoriert, die jetzt vertrocknet waren. Ich erkannte die Bilder wieder, die ich bei dem alten Mann gefunden hatte. Es waren genau die gleichen Fotos, die Frau, die Kinder. Und ich verstand sofort, dass es seine Frau und seine Kinder waren und dass er seine Frau und seine drei Kinder verloren hatte. Ich musste vor dem Altar niederknien, um die Fotos genauer betrachten zu können. Ich strich über den ganz dünnen Staubrand des Bilderrahmens der schönen Frau. Daneben stand das Foto eines sehr kleinen Kindes. Es war im Liegen fotografiert worden, sicherlich weil es noch nicht sitzen konnte. Der Kleine hatte einen blauen Schnuller im Mund und schaute mit großen Augen in den Fotoapparat. Neben dem Bild lag genau dieser blaue Schnuller. Ich fröstelte. Das zweite Kind, ein Mädchen, mochte fünf Jahre alt sein, so wie meine Tochter, daher fiel mir die Altersbestimmung leichter. Das älteste Kind war ein Junge. Er trug eine dunkle Uniform und erinnerte mich an einen Schulanfänger, so stolz blickte er in die Kamera. Vor dem Altar lag eine Matratze, und da ich sonst kein Bett entdecken konnte, nahm ich an, dass der Alte hier vor dem Altar geschlafen hatte. Ich setzte mich auf den einzigen Stuhl, ich konnte plötzlich nicht mehr stehen. Mein Blick glitt über den Tisch, die eine Tasse und den Teller, auf dem noch einige Krümel lagen. An der Tischkante, die mit der Wand abschloss, lag eine dicke schwarze Schreibmappe, die ich zu mir heranzog und öffnete. Sehr ordentlich waren hier verschiedene Zeitungsartikel sortiert, ganz offensichtlich chronologisch. Ich verstand natürlich nicht viel. Gleich obenauf lag eine Landkarte von Italien, auf der in einem Meer eine Insel eingekreist war, Ustica stand daneben und ein kurzer Strich war zu einem anderen Ort gezogen, Palermo. Ich hatte in seinem Pass gelesen, dass Giovanni in Palermo geboren war. Auf den Zeitungsausschnitten sah ich immer das gleiche Flugzeug, das gleiche Datum: 27., irgendein Monat und 1980. Neben den Überschriften standen handschriftliche Notizen und immer wieder Fragezeichen. Der erste Zeitungsausschnitt zeigte Flugzeugteile und leblose Körper, die auf dem Wasser schwammen. Der letzte Artikel aus dem Jahr 2004 war die Aufnahme eines Gerichtssaals, in dem mehrere Militärs nebeneinander saßen und versteinert vor sich hinblickten.

Als ich nach Hause fuhr, dachte ich an den alten Mann, an Giovanni, und dass mit ihm vier andere Menschen jetzt endgültig gestorben waren. Ich versuchte, mir vorzustellen, wie es ihn von Palermo nach Jakarta verschlagen hatte und wie er täglich in die Stadt hinein und hinaus fuhr. So wie ich, aber doch anders. Ich hatte plötzlich das Gefühl, das sich etwas in mir löste. Wie ein Korken, der die ganze Zeit in mir gesessen und alles blockiert hat. In der Herzgegend, irgendetwas rutschte, sackte in mir hinunter und mir wurde mit einem Mal ganz leicht zumute. Zum ersten Mal nervte mich dieser ewige Stau nicht. Ich hatte plötzlich etwas verstanden.

Giovanni hatte es nicht geschafft, Abschied zu nehmen, Abschied von seiner Frau und seinen Kindern. Das Leben stellt den Menschen aber ständig vor Abschiede. Sinta bleibt zurück und sieht mir nach. Jede Trennung ist ein Abschied für sie, denn sie hat Angst und weiß nicht, ob ich wiederkomme, so wie Aditya, die plötzlich weg war und nicht wiederkam. Aber Sinta und ich sehen uns jeden Abend wieder. Bei einem Unglücksfall ist es das Unvorhergesehene, das jede Möglichkeit des Abschiednehmens verhindert. Das vertraute Leben ist urplötzlich verloren gegangen, es ist einfach weg. Der Mensch, den man geliebt hat, ist einfach nicht mehr da. Ohne Worte, ohne Gesten, ohne Blicke. Auch ich habe noch keinen Abschied genommen von Aditya. Sie ist nicht mehr da, aber ich hole sie ständig in mein Leben zurück. Ich muss mit Sinta reden, über den Abschied, das Wiedersehen und ihre Mutter. Vielleicht sollte ich einen Tag Urlaub nehmen und mit ihr eine Dampferfahrt machen, mit Eis und Bonbons. Ich erzähle ihr dann von Aditya, und dass sie keine Angst haben muss, wenn ich wegfahre, dass ich zurückkomme und immer bei ihr sein werde. Ich muss endlich Abschied nehmen. Wie ich das anstellen soll, weiß ich noch nicht. Das ist auch eine andere Geschichte. Diese Geschichte hier ging nur um Giovanni und mich und wie er mir geholfen hat, wieder in die Bahn meines Lebens einzuschwenken.

Der kleine Vorplatz

Es hatte geschneit. Früh dieses Jahr. Sie lag im Bett und hatte den Schnee noch nicht gesehen, nur gehört. Wie die Schneeschieber über den Vorplatz kratzten. Etwas wie Freude stieg in ihr auf, der kleine Vorplatz vor ihrem Haus würde heute ganz anders aussehen. Wenig später saß sie an dem großen Fenster, das vom Fußboden bis zur Decke reichte. Ruhig, fast heiter glitt ihr Blick über die symmetrisch im Quadrat angeordneten Bäume. Sorgsam wie kleine Zäune schienen die Bänke das Grün vor den Betonplatten zu schützen. Das Gebäude mit der modernen Glasfassade umfing den Vorplatz in einer U-Form. Jetzt war alles eingeschneit und die Autos auf dem Parkplatz, der die vierte Seite des Platzes begrenzte, waren nur noch als einheitliche weiße Hügel zu erkennen. Alle Farben waren verschwunden, und diese weiße Eintönigkeit ließ sie durchatmen. Sie wohnte in einem Seitenflügel, so dass ihr Blick zwangsläufig auf die breite Eingangstür fiel, die sich automatisch öffnete, sobald jemand näherkam. Auch dort standen einige Tische und Stühle. Jetzt, am frühen Morgen, in der dämmerigen Schneeluft, konnte sie nicht erkennen, ob dort schon jemand saß und rauchte. Plötzlich stieg Dampf neben ihr auf. Sie drehte ihren Kopf nach links. Der Fencheltee. Langsam nahm sie die Tasse und führte sie an die Lippen. Die warme Flüssigkeit floss durch ihre Kehle und sie genoss diese Wärme, als ob man ihr eine warme Decke um die Schultern legte.

Ihre Augen leuchteten auf, als sie ein Mädchen über den Vorplatz laufen sah. Es trug ein weißes Kleid mit einem roten Rocksaum, der ganz allein über den Schnee zu tanzen schien, wenn sie die Augen etwas zukniff. Die Zöpfe des Mädchens hüpften um ihren Kopf, sie drehte sich, sprang beim Laufen, schlug einen Haken und lief einmal im Kreis mit ausgebreiteten Armen. Als ob sie fliegen wollte. Wegfliegen, weit weg. Da schien es gerufen zu werden, ein Mann in dunklem Anzug stand am Eingang und blickte auf das Kind. Die Zöpfe des Mädchens schwangen nicht mehr in den Hüpfbewegungen, sondern hingen an ihr herab. Sie ging zügig und etwas steif auf den Mann zu, der eine Hand erhoben hatte. Da trat eine große, schlanke, dunkelhaarige Frau hinter dem Mann hervor, zog das Kind an sich und strich ihm über das Haar. Es schlang sofort die Arme um die Hüften der Frau, die seinen Kopf gegen ihren Bauch drückte. Ihr Dutt bewegte sich heftig, als sie etwas zu dem Mann sagte. Der machte eine wegwerfende Handbewegung und drehte sich schwerfällig weg. In diesem Moment fesselte ein junger Mann, der den Vorplatz betreten hatte, ihre Aufmerksamkeit. Seine blonden Haare waren ganz kurz geschnitten und man konnte sie nur sehen, weil er die Uniformmütze in den Händen hielt. Er öffnete lachend und rufend die Arme und ein junges Mädchen flog auf ihn zu. Er wirbelte es durch die Luft und sie küssten sich lange, dann bebten ihre Schultern und sie wischten sich Tränen aus den Augen. Vor allem das Mädchen schnupfte immer wieder in ihr Taschentuch. Sie hatte ein graues, verwaschenes Kleid an und war sehr mager. Beide gingen eng umschlungen davon.

Neben dem Teeglas lag ihre Strickarbeit. Beim Licht der kleinen Stehlampe nahm sie das Wollknäuel sowie einen bereits sehr langen Schal und begann zu stricken. Leise und rhythmisch hörte sie dabei auf das Klappern ihrer Nadeln. Mit einigen anderen Frauen zusammen wollte sie den längsten Schal der Welt stricken, um in das Guiness-Buch der Rekorde eingetragen zu werden. Als sie von ihrer Arbeit aufblickte, sah sie beim Eingang einen Mann stehen. Herr Soller. Ihre Strickarbeit sank langsam in den Schoß und sie beugte sich leicht nach vorn. Rauchte er etwa wieder? Sie konnte es nicht genau erkennen, er spazierte auf und ab unter dem Vordach. Herr Soller war mal ihr Chef gewesen. Schuhverkäuferin war sie, jahrzehntelang, und sollte sogar zur Filialleiterin aufsteigen. Wegen der Erfahrung. Alles war schon abgesprochen. Sie hatte sich vor lauter Freude eine dunkelgrüne Velourbluse gekauft, sündhaft teuer. In letzter Minute wurde Herr Soller Filialleiter. Wegen der Ausbildung. Jetzt wohnte er im anderen Flügel des Hauses, in einer kleinen Appartementwohnung. Mit eigener Einrichtung und Premium-Ambiente. War ja schließlich mal Filialleiter gewesen. Sie hingegen war in dieses Zweibettzimmer gekommen.

Die Fensterscheibe war wie eine Wasseroberfläche, vor allem, wenn der Tag anbrach. In der Dämmerung des ersten Lichts schien sich die Oberfläche zu bewegen, sanfte Wellen zu schlagen. Und schon säumten den schneebedeckten Vorplatz kleine Holzbuden, weihnachtlich geschmückt, in denen schöne Dinge angeboten wurden, die es immer zu dieser Jahreszeit gibt. Glühwein, Schmalzgebäck, gebratene Würste, kandierte Äpfel. Es gab einige Jahre, in denen sie nach ihrer Arbeit auf dem Weihnachtsmarkt in einer Glühweinbude gearbeitet hatte. Das Geld fehlte hinten und vorn. Der Mann viel zu früh gestorben. Bis in die späten Abendstunden Glühwein ausgeschenkt, mit und ohne

Schuss. Morgens in den Laden, wieder Kundinnen anlächeln und flötend nach ihren Wünschen fragen. Ein Jahr stand sie sogar in einer Bratwurstbude, aber dieser Geruch und dieses Fett war gar nicht mehr aus den Sachen herauszukriegen, in die Poren schien es ihr gekrochen zu sein. Wenn er noch leben würde, vieles wäre einfacher. Vielleicht wäre sie dann auch nicht hier. Sie hatte seine Bilder noch im Kopf, bruchstückhafte Erinnerungen, die er kaum in Worte fassen konnte, von Bombenexplosionen, von zerrissenen Menschenleibern, von schreienden Kindern, von dem Schmutz am eigenen Körper und der Blutlache, in der Blumen schwammen. Er kämpfte mit seinen Verfolgern im eigenen Kopf, vor ihr, mit ihr. Er schwieg, er redete und er entschuldigte sich. Seine Erinnerungen hielt sie in den Händen wie zerrissene Fotos, die sie nicht zusammenkleben konnte.

Der kleine Vorplatz verschwamm vor ihren Augen. Sie versuchte, mit den Füßen aufzutreten, ganz fest, auf den Boden zu trommeln, um den Kopf leer zu bekommen, die Gedanken zu verscheuchen. Aber es ging nicht mehr, die Beine gehorchten nicht. Nicht mehr. Immer weniger. Und er saß immer noch vor ihr, sie sah, wie er sich die Zigarette anzündete. Diese Geste, wie er sein Feuerzeug schnappen ließ, tief einatmete, ihr dann die Zigarette reichte, sich seine eigene anzündete. Sie sich ansahen und befreit den Rauch ausstießen. Dieser elende Qualm, mit dem sie abends einschlief, der sie des Nachts einzuhüllen schien und mit dem sie morgens aufwachte. Wie gern würde sie das Zeitrad zurückdrehen und diesen blöden Schal hergeben für nur eine dieser verqualmten Nächte.

Sie strickte etwas schneller. Die Bewegungen der Hände gaben ihr das Gleichgewicht zurück. Nur rechts, links, rechts, links. Keine komplizierten Muster. Sie wollte nicht zu oft auf die Strickarbeit schauen. Ihr Blick suchte den Vorplatz ab und streifte hin und her zwischen dem Parkplatz und der gläsernen Eingangstür. Wenn Kerstin langsam über den Vorplatz ging, wusste sie, dass sie mit dem Bus gekommen war und den ganzen Nachmittag bleiben würde. Bis zum Abendbrot. Das liebe Kind, ihr liebes Kind. Wenn sie über den Vorplatz halb im Laufschritt eilte, war sie mit dem Auto gekommen. Sebastian hatte sie gefahren und wartete auf dem Parkplatz. Sie blieb dann immer nur eine halbe Stunde. Maximum. Sie zog die Jacke nicht aus und legte ihre Handtasche auf den Knien ab. Ihr Rücken war gekrümmt, sie sprach schneller und leiser, als ob er sie hören könnte. Schade, dass die eigene Tochter so ein Pech hatte. Dieser Mann war ein Fehler gewesen. Von Anfang an. Es musste ja so kommen. Keine Gelegenheiten, keine Erfahrungen. Zu sehr eingespannt von ihr, der Mutter, mit dem Aufpassen auf den Bruder, mit Essen kochen und einkaufen gehen. Die Zeit drängte, je älter umso schwieriger würde es werden. Ihr armes, liebes Kind. Keine Zeit hat sie für sich selbst, so wie sie damals mit den ganzen Jobs und der ganzen Plackerei fürs liebe Geld. Und dann? Dann kommt Leo über den Vor-platz. Am Anfang ist er der Zwölfjährige, streng gescheitelt, schüchtern, fast verunsichert. In der Mitte des Vorplatzes trägt er einen grünen Strickpullover und hat lange, blonde Haare. Dieses Blond vom Vater. Der Student, ohne Sinn für die Realität. Nur Flausen im Kopf. Als er auf den Eingang zusteuert, wird er der bekannte Anwalt, in korrektem Anzug, mit Aktenkoffer und es ist sofort klar, der halb auf dem Vorplatz geparkte schwarze Audi kann nur diesem Mann gehören. Der Mutter erklärt er, dass ihre kleine Rente nicht reicht für eine Appartementwohnung. „Deine Rente reicht leider nicht. Ich habe alles durchgerechnet." Ihr wird immer ganz kalt, wenn er von „deine" redet.

Wie ein Stein lag das Wollknäuel in ihrem Schoß und der Schal glitt langsam von ihrem Sessel auf den Boden. Durch die schweren Augenlider verschwamm der Vorplatz, die Bäume zogen sich zu einer dicken Eiche zusammen, die plötzlich in Flammen stand. Die Gehwegplatten waren so von Schmutz überhäuft, dass man sie gar nicht mehr erkennen konnte. Tiefe Spuren hatten den Untergrund zerstört. Das besorgte Gesicht ihres Mannes, wie er an ihrem Bett saß, ihre Hand hielt und sie anzulächeln versuchte. Die zweite Fehlgeburt. Mut. Der Hunger, die Kälte, die Erinnerungen. Der leblose Körper ihres ersten Sohnes in den Armen. Freddy. Kein anderes Kind hatte sie so geliebt. Immer wenn sie an den kleinen Freddy dachte, hatte sie das Gefühl, als ob Glas in ihrem Kopf zersprang. Auch jetzt noch. Nach all diesen langen Jahren. Sie stöhnte fast. Es gab keinen Trost. Und sie wollte wieder ihre Arme bewegen und mit ihren Füßen fest aufstampfen. Den Lampenschirm aus seiner Halterung reißen und mit dem schweren Eisenstab ihren kleinen Tisch zertrümmern, dann ihr Bett, das große Fenster, vor dem sie saß und danach die gesamte Glasfront. Alles kurz und klein schlagen. Die Bänke, in denen die Bäume gefangen waren und die weißen Gartenmöbel vor dem Eingang. Einschließlich der Wohnungseinrichtung von Herrn Soller und ihn zu guter Letzt auch so richtig vermöbeln.

Sie hörte es an der Tür klopfen und eine junge Frau trat mit viel Schwung und einem Tablett in der Hand ein. „Hallo Frau Wittig, ich bringe das Mittagessen. Warum wollen Sie denn heute nicht vorn essen mit den anderen? Geht es Ihnen nicht gut?" Sie zuckte mit den Schultern und sagte nichts. Die junge Frau schnappte den Rollstuhl und schob sie vom Fenster weg an den Tisch. „Es geht schon, ich komme schon klar", murmelte sie, während die junge Frau das Mittagessen auf dem Tisch arrangierte. „Lassen Sie es sich schmecken, Frau Wittig."

Als die junge Frau wiederkam, um abzuräumen, hatte sie mühsam eine Kartoffel, ein Stückchen Fleisch und einige Bohnen zerkaut und hinuntergeschluckt. Lachend-vorwurfs- voll sagte die junge Frau: „Da wird morgen aber schlechtes Wetter, wenn Sie nicht aufgegessen haben, Frau Wittig." Mir doch egal, dachte sie, wischte kurzerhand den halb- vollen Teller vom Tisch und schob sich mühselig ans Fenster, um über den Vorplatz zu sehen.

Die Weichen des Lebens

I

Er hatte nur das B gesehen und die vielen Gleise, bestimmt zehn, zwölf Gleise. Da hatte er gedacht, dass das eine größere Stadt sein müsse und war eilig aus dem hoffnungslos überfüllten Waggon gesprungen. Nur raus aus diesem Käfig, der ihm wie ein Grab vorkam. Dann stand er auf dem Bahnsteig, gegen sein Bein gelehnt Lisa, seine dreijährige Schwester, im Stehen schlafend. Sie klebte förmlich an ihm. Eigentlich war er wegen ihr raus aus dem Waggon, sie hatte die Tage zuvor geweint, gewimmert, gewinselt und als sie nichts mehr sagte, hatte er Panik bekommen. Dieses Kind, alles für dieses Kind, er hatte es versprochen, der Mutter versprochen, als sie auf der Flucht heim ins Reich zurückbleiben musste. „Hans", hatte sie gesagt, „Hans, warum habe ich dieses Kind in die Welt gesetzt? Beschütze es, Hans, hörst du, ich flehe ich dich an, pass auf dieses Kind auf. Es ist ohne dich verloren." Nie wieder hatte er so eine tiefe Verzweiflung im Gesicht eines Menschen gesehen. Die schwache Hand der kranken Mutter war ihm liebkosend durch sein störrisches blondes Haar gefahren. Mehr wie im Traum erinnerte er sich an die langen Fußmärsche, die viel zu kurzen Strecken, die sie mit der Eisenbahn zurücklegen konnten. Dann wieder zu Fuß. Lisas kleine Hand immer in der seinen. Sie hatten Angst, wenn Panzer in Sicht des Trecks vorbeirollten oder ausgebrannte, noch rauchende Panzer ihren Weg säumten. Sie hatten Hunger, ständig Hunger. Sie froren und manchmal kamen sie nur vorwärts, weil Bewegung die Glieder wärmte. Oft band er sich seine Schwester auf den Rücken, wenn ihre kleinen Beine zu müde zum Weiterlaufen waren. Tapfer fand er sie, in gewisser Weise zäh. Nur eins durfte er nicht tun: sich von ihr entfernen und aus ihrer Sicht geraten. Dann schien sie eine Todesangst zu durchfahren und sie fing an, so markerschütternd und schrill zu schreien, dass die Nervenstränge im Kopf zu zerreißen drohten. Sie schrie ohne Unterlass und ohne Rücksicht. Von diesem hohen Schreien konnte niemand annehmen, dass der Ausgangspunkt ein kleines, zierliches Mädchen war und dementsprechend entsetzt, ja fassungslos sahen die Menschen auf sie und rügten Hans, dass er sie nicht allein lassen solle. Zwangsläufig wurden sie unzertrennlich und Hans hatte manchmal den Eindruck, seine kleine Schwester sei an ihm festgewachsen und nie, nie würde er sie abschütteln können. Von ihrer Mutter hatten sie nichts wieder gehört.

Hans war in das alte Bahnhofsgebäude gegangen, das ebenfalls voller Menschen war. Dort hatten sie immerhin mehr Platz als im Waggon und den Umständen entsprechend richtig gut geschlafen. Es war eine merkwürdige Art Schlaf in jenen Monaten, jetzt im Alter erinnerte er sich daran, denn er hatte den Eindruck, dass sich sein heutiger Schlaf diesem Schlaf von damals wieder annäherte. Ihm war, als ob er ganz tief schlief und zugleich wach war und alles um sich herum wahrnahm. So schlug er auch sofort die Augen auf, als er spürte, dass jemand vor ihm stand und auf ihn herabblickte. Es war ein grauhaariger Mann, mit einem Gesicht voller Ackerfurchen und einem zerknitterten Hut. Als er sagte, er sei Bauer, wunderte sich Hans nicht. Er nickte nur. Der grauhaarige Mann fragte, ob er bei ihm auf dem

Hof arbeiten wolle. Er brauche Leute. Hans nickte wieder und sah zu seiner schlafenden Schwester, deren Arm um seinen Oberschenkel geschlungen war, und dann zu dem Mann. Jetzt war der es, der nickte und sagte: „Kein Problem." Sehr viel mehr haben sie in den folgenden Jahren auch nicht gesprochen.

Wenn er an diese Szene dachte, musste Hans Glücklicher immer etwas lächeln. Vor Dankbarkeit. Herbert Beichter, der Bauer, der ihn in der Bahnhofshalle angesprochen hatte, war zwar ein berechnender, aber auch ein hilfsbereiter Mensch. Gut zehn Jahre hat Hans auf seinem Bauernhof gearbeitet und viel gelernt, hauptsächlich wie man Traktoren fuhr und Maschinen aller Art reparierte. Bevor er einen kleinen Lebensmittelladen in dem Ort übernahm. Das musste so Mitte, Ende der 50er Jahre gewesen sein.

Hans Glücklicher blickte aus dem Fenster auf eine kleine Parkanlage. Durch die Gardinen erschien alles wie im Nebel. Die gebeugten Frauen an ihren Rollatoren, ein Pfleger, der einen gebrechlichen Mann am Arm führte. Langsam, ganz langsam setzten sie Schritt vor Schritt. Auf dem kleinen Tisch neben der Fensterbank, auf die sich Hans Glücklicher oft abstützte, um das Wetter und das Geschehen zwischen den Kiefern und Holunderbüschen zu beobachten, stand eine schwarz-weiß Fotografie. Lisa, Elisabeth eigentlich. Im Alter von zwölf, dreizehn Jahren, mit dicken, blonden Zöpfen, in einer weißen Bluse und einem karierten Rock. Es muss irgendein feierlicher Anlass gewesen sein. Er erinnerte sich nicht mehr. Noch auf dem Hof des Bauern Beichter, aber wohl kurz bevor er den Laden übernahm. Dieser schmale Mädchenkörper. Sie blieb so zart, fast zerbrechlich, aber zäh wie auf der Flucht. Ihr ernstes Gesicht, der Anflug eines Lächelns. In sich versunken erschien sie. Er fragte sich, warum er gerade dieses Foto auf das kleine Tischchen neben sein Bett gestellt hatte. Als er das Haus verkauft hatte und auswählen musste, welche persönlichen Dinge er in diesem Zimmer im Seniorenstift unterbringen konnte, hatte er wie selbstverständlich ihr Foto aufgestellt. Nicht das seiner Frau, die vor einigen Jahren gestorben war, nicht die seiner beiden Söhne. Flüchtig kam ihm der Gedanke, dass ihr erster und bisher einziger Besuch vielleicht deswegen so befremdlich für ihn gewesen sein mochte. Er wollte aber jetzt mit Lisa sein. Seit ihrem Tod vor knapp fünf Jahren ging es mit ihm bergab. Er würde hier nicht lange bleiben müssen, da war er sich sicher. Die letzte Station hatte er schon angepeilt, den Friedhof. Er roch noch ihr Haar und spürte noch die Wärme ihres schmalen Rückens, wenn sie sich an ihn schmiegte, auf der Flucht, im Waggon, in den gemeinsamen Jahren auf dem Bauernhof. Er hatte sie aufgezogen und war selbst erst 16, als er in die Dienste des Bauern Beichter trat. Wenig Zeit, viel Arbeit und kaum Gelegenheit, etwas richtig zu lernen. Alles im Vorbeigehen. Er hatte Lisa gedrängt, das Abitur zu machen, dann zu studieren und Ärztin zu werden. Sie hatte das alles getreulich erledigt. Ihm war nie ganz klar geworden, ob sie es aus eigener, innerer Überzeugung gemacht hat oder weil er es ihr geraten hatte. Ein einziges Mal hatte sie ihm gestanden, dass sie am liebsten immer bei ihm geblieben wäre. Aber das ging ja nicht. Bruder und Schwester. Die Leute hätten geredet. Die Bäuerin. Sie hatte eine komische Bemerkung gemacht, weil sie mit 13 immer noch im Bett ihres Bruders schlief.

Er betrieb schon einige Zeit den kleinen Lebensmittelladen, als er doch noch heiratete. Eine sehr junge Frau, die aus dem Ostzone geflohen war. Lisa hatte nie geheiratet, sie sagte, das vertrage sich nicht mit ihren Schichten im Krankenhaus. Hin und wieder waren sie gemeinsam in den Urlaub gefahren. Wenn er an diese Urlaube dachte, beschlich ihn immer eine innere Freude und er war überzeugt, dass sie nur gemeinsam verreisten, um nebeneinander zu schlafen und die Wärme und Geborgenheit des anderen zu spüren. So wie damals, auf der Flucht.

II

Sie stand schon an der Zugtür und schaute auf die vorbeifliegende Landschaft. Ihre ovale hellgraue Tasche aus Kunstleder hielt sie fest in der linken Hand, damit sie mit der rechten gleich den Griff der Tür herunterdrücken konnte. Sie sah die ersten Häuser von B, dem Ort, in dem ihre Schwester wohnte, seit fast zwanzig Jahren und den sie jetzt das erste Mal besuchen durfte. Ein Bahnübergang, ein langes Fabrikgebäude und dann fuhren sie in den Bahnhof ein. Für ein Dorf war der Bahnhof groß mit sechs Bahnsteigen und einem mehrstöckigen Bahnhofsgebäude aus hellbraunem und rotem Backstein. Sie sah viele Menschen, die mit einem Zug ankamen und in einen anderen Zug zur Weiterfahrt einstiegen. Sigrid, ihre Schwester, stand auf dem Bahnsteig. Sie sahen sich sofort und winkten sich zu. Als der Zug hielt, eilte Siggi auf die Tür zu und sie öffneten sie gleichzeitig. Auf dem Bahnsteig lagen sie sich in den Armen. Nach über zwanzig Jahren. „Vroni, ich bin so glücklich, dass du hier bist." Sie wollte ihr die Tasche abnehmen, aber Vroni wehrte ab. „Lass doch, Siggi, die ist nicht schwer." Siggi holte ihr Fahrrad. Der Bahnhof lag am äußersten Dorfrand, fast schon etwas außerhalb, daher kam man mit dem Rad schnell ans Ziel. Vronis Tasche wurde auf den Gepäckträger geschnallt und ohne Unterlass redend liefen sie ins Dorf. Siggi erzählte von den Vorbereitungen für ihre Geburtstagsfeier und Vroni von ihrer Reise, der kleinen Tochter daheim und ihrer Arbeit.

Als sie abends in ihrem Bett im Gästezimmer lag, in der freundlich-frisch riechenden Bettwäsche überkam sie eine Traurigkeit, die sie selbst verwunderte. Sie sog den Duft ein. Hier roch alles so gut und angenehm. Schon als sie in Braunschweig aus dem Zug aus Ostberlin gestiegen war, hatte sie das Gefühl, in einer anderen Welt angekommen zu sein, weil der Geruch ein so anderer war. Alles erschien intensiver, größer, sauberer. Selbst die Farben ihrer altrosa und zart grün gemusterten Bluse kamen ihr farblos vor. Als sie im Zug nach B saß und dem Schaffner ihre Fahrkarte reichte, hatte sie den Eindruck, dass er die Augenbrauen leicht nach oben zog ob ihrer altbackenen Erscheinung. Daheim, drüben, galt sie als schick, mit ihrer Bluse aus dem Exquisit. Siggis Haus war ein geräumiges, geschmackvoll eingerichtetes Haus. Ihr Mann Hans betrieb einen kleinen Lebensmittelladen, in dem sie mithalf. Die beiden Söhne waren lebhafte Jungs, vor allem der jüngere war fast etwas zu wild. Siggi rutschte häufiger die Hand aus, etwas zu häufig, wie Vroni fand. Siggis Gesicht erschien ihr ein wenig aufgedunsen. Vroni hatte Hans schon immer gemocht. Sie kannte ihn von den wenigen, kurzen Besuchen der beiden, als die Kinder noch nicht da waren. Er war ein zurückhaltender Mann, der nicht viele Worte brauchte. Sie spürte, dass er sie auch mochte. Sie hätte gern einen Mann gehabt, der so für seine Familie sorgte.

Das Geburtstagsfest zu Siggis 40. war ein großes Gartenfest mit einer kleinen Blaskapelle. Siggi hatte offensichtlich alle Leute eingeladen, die sie kannte, die halbe Straße, Kunden aus dem Laden, Lieferanten. Vroni dachte, sie wäre da etwas wählerischer bei ihren Gästen gewesen. Siggi war jedenfalls froh, die Schwester als verlässliche Hilfe bei den aufwändigen Vorbereitungen an ihrer Seite zu wissen. Die Nachbarn und Gäste bestaunten die jüngere Schwester und bedauerten sie, dass sie bald wieder zurück in die Zone müsse. Vroni fühlte sich wie eine Attraktion, wenn auch nur wie eine kleine. Oft tanzte sie mit Hans an diesem Abend. Siggi war irgendwann nicht mehr von ihrem Platz wegzubewegen. Das Glas vor ihr war nie leer. Als Vroni nach Lisa fragte, der Schwester von Hans, lachte Siggi nur kurz und etwas schrill auf und Hans sagte, sie habe heute Abend leider Nachtschicht, die nicht zu verlegen war.

Am Tag nach der Geburtstagsfeier hatte Vroni plötzlich einen roten, brennenden Hautausschlag am Arm. Hans telefonierte kurz mit Lisa und fuhr am Nachmittag mit Vroni nach Braunschweig, damit sie den schmerzhaften Ausschlag im Krankenhaus untersuchen lassen konnte. Siggi blieb mit der Aushilfe im Laden.

Warmherzig strich Lisa über Vronis Unterarm und beruhigte sie mit einigen aufmunternden Worten. Vroni betrachtete erstaunt diese schmale Frau, die noch zierlicher war als sie selbst und sie spürte ihre Kraft und Energie bei der Berührung. Sie nahm die Vertrautheit zwischen ihr und Hans wahr wie eine andere Welt, zu der ein Zugang unmöglich schien. Lisa kratzte eine Probe des Ausschlags von ihrem Arm, untersuchte sie sogleich, danach testete sie verschiedene andere Stoffe. Dazu musste Vroni über Nacht bleiben. Wie selbstverständlich schlug Lisa vor, sie sollten in ihrer Wohnung übernachten, die nur wenige Meter entfernt lag. Hans rief Siggi nicht an, um ihr mitzuteilen, dass er über Nacht nicht nach Hause käme. Dabei hatten sie hier doch alle Telefon. Vroni rief ihren Mann nie an, wenn sie sich verspätete, aber sie hatten auch kein Telefon. Vor Lisas Haustür zog Hans sein Schlüsselbund aus der Jackentasche und öffnete mit seinem eigenen Schlüssel. Später, in der weitläufigen Wohnung, kannte er sich bestens aus. Er bereitete ein kleines Abendessen vor und das Bett für Vroni. In seinem eigenen Haus würde er das nicht tun und Vroni fragte sich, wo er eigentlich zu Hause war.

Am nächsten Morgen wertete Lisa die Teststreifen aus. Sie war genauso warmherzig und freundlich wie am Abend zuvor, und dass nach einer Nachtschicht. Sie sagte, Vroni sei auf den Farbstoff Erythosin allergisch, der häufig in Obstkonserven verwendet werde. Sie denke allerdings, dass es diesen recht neuen Farbstoff im Osten noch nicht gebe und sie daher keine weiteren Probleme damit haben werde, sie müsse nur hier aufpassen.

Die wenigen Tage, die sie bleiben durfte, vergingen schnell. Hans fuhr mit ihr nach Bad Harzburg und an einem ihrer freien Tage begleitete Lisa sie auf einen Ausflug nach Goslar. Es war ein sonniger, lustiger Tag zu dritt. Siggi lag mit einer Migräne im Bett. Die trete häufiger auf, hatte Hans nach ihrer Rückkehr aus dem Krankenhaus gesagt, daher hat er eine Aushilfe eingestellt, auf die ist Verlass. Er brauche auch mal etwas Luft zum Atmen. Er lachte ein offenes Lachen, das sie berührte.

Sie musste zurück. Sicherlich hatte sie überhaupt nur fahren dürfen, weil zu Hause ihre kleine Tochter wartete. Das schien die Rückkehr zu garantieren. Hans hatte sie zum Bahnhof gebracht und fest in seine Arme geschlossen. Als sie im Zug saß, kroch wieder diese Traurigkeit in ihr hoch. Mit Wehmut vermischt. Sie dachte an Hans, an Lisa, die schönen gemeinsam verbrachten Stunden. Sie strich sanft über ihren Ausschlag, der schon zurückgegangen war dank einer Creme, die Lisa ihr angerührt hatte. Sie dachte an Siggi, die sie die letzten Tage nur wenig gesehen hatte. Weit hatte sie es nicht gebracht. Sie war in diesem Dorf gelandet, acht Kilometer von der Grenze, vierzig Kilometer von dem Ort entfernt, wo sie beide aufgewachsen waren. Jetzt musste Vroni mehrere hundert Kilometer Umweg fahren. Über Ostberlin, um sie besuchen zu können. Siggi, die ältere, ehrgeizigere von beiden, arbeitete jetzt als Laden-hilfe, saß an der Kasse und räumte Regale ein. Da hatte sie, Vroni, es mit ihrer Arbeit als Sekretärin des Chefs einer Leichtmetallfabrik weiter gebracht. Kurz vor ihrer Abfahrt hatten einige Leute aus dem Dorf einen Plastikbeutel mit abgelegten Kleidern vorbeigebracht, über die sich ihre Familie daheim sicherlich riesig gefreut hätte. Aber sie ließ diesen großen Kleiderbeutel in Braunschweig auf dem Bahnhof stehen. Sie freute sich auf ihre vertraute Welt und wollte nichts von diesem anderen Stern dorthin mit-nehmen, nur dass, was sie im Herzen trug.

III

Der junge Mann schlug mit der Faust gegen den Fahrkartenautomaten. „Verdammt! Warum nimmt der mein Geld nicht?" Hilfesuchend drehte er sich um und erblickte eine junge, blonde Frau, die hinter ihm stand. „Können Sie vielleicht zwanzig Euro wechseln? Der Automat nimmt mein Kleingeld nicht." Er hielt kurz inne. „Wir kennen uns doch?" Die Frau nickte und gab ihm einen Zehn-Euro und zwei Fünf-Euro-Scheine. Das Geld surrte über kleine Rollen in den Automaten hinein und spukte klimpernd das Wechselgeld und nach dem Hin-und Her-Rasen eines Druckers auch eine Fahrkarte aus.

„Sie waren doch gestern Vormittag auf der Beerdigung meines Vaters. Oder?" nahm er das Gespräch wieder auf, während er seine Fahrkarte einsteckte und sie sich ihre Fahrkarte nach Braunschweig zog. Viele andere Ziele fuhren die Züge von B aus nicht mehr an. Als er sich zu ihr um-gedreht hatte, hatte sie ihn sofort erkannt. Und er sah gar nicht mehr so jung aus. Die gegelten, spitz nach oben stehenden hellen Haare und die ausgewaschene, sich kaum auf den Hüften haltende Jeans ließen von hinten diesen jugendlichen Eindruck entstehen. Nach den Fältchen um seine Augen und den beiden tiefen Falten neben den Mundwinkeln zu urteilen, mochte er gut und gern die vierzig überschritten haben. Der jüngere Sohn von Hans Glücklicher. Sie hatte ihn auf der Beerdigung nur kurz aus der Nähe gesehen, denn es waren viele Menschen ge-kommen und nach der Trauerzeremonie war sie gleich wieder in ihre Pension gegangen.

Sie nickte lächelnd. „Ja, ich war gestern bei der Beerdigung Ihres Vaters." Er runzelte die Stirn und schaute sie etwas ratlos an. Sie lachte ein wenig: „Ich bin Susanne Berner, die Tochter der Schwester Ihrer Mutter, die Tochter von Vroni." Er warf seinen Kopf nach hinten und dann wieder nach vorn.

„Ach so, alles klar." Sie gingen beide durch die Unterführung auf den Bahnsteig.

„Es gibt nur noch einen Bahnsteig und zwei Gleise hier", sagte er. Dann zeigte er auf das Bahnhofsgebäude, dessen Fenster mit Holzleisten vernagelt worden waren. „Die Bahn will das Gebäude verkaufen. Aber wer kauft schon so ein Haus? Hier wird alles elektronisch gesteuert. Kein Mensch mehr da, den man etwas fragen oder der weiterhelfen könnte. Sogar die Verspätung wird von einer automatischen Stimme angesagt."

Sie blickte auf das Bahnhofsgebäude und deutete dann in die entgegengesetzte Richtung. „Dort hinten sieht man noch einige Gleise, die längst verwildert sind. Die Natur holt sich das Gebiet zurück."

„Als mein Vater hier ankam, so erzählte er immer, gab es hier noch zehn Gleise. Dieser Bahnhof war ein Knotenpunkt, wo die Züge aus Ost und West und Nord und Süd zusammenliefen. Die Häuser an der Hauptstraße, hast du die gesehen, diese einheitlichen Häuser? Das waren die Eisenbahnerhäuser. Die Geschäfte liefen gut, damals. Mein Vater hatte nur einen von drei Lebensmittelläden im Dorf. Heute ist hier fast nichts mehr. Keine dreißig Jahre später."

Susanne nickte, beide schwiegen und blickten auf die Gleise, das wuchernde Gras, die alte Holzbank, von der der Putz abblätterte.

„Kanntest du meinen Vater eigentlich?"

„Nein, ich kannte ihn überhaupt nicht. Meine Mutter hatte keinen Kontakt mehr zu ihrer Schwester. Sie hat sie besucht, da waren die Grenze noch zu, und danach riss der Kontakt ab."

Von weitem war der Zug bereits zu sehen, wie er sich langsam näherte und immer größer wurde. Er blickte die schlanke Frau an und versuchte ihr Alter zu schätzen. Vielleicht Anfang zwanzig?

„Du bist Norbert Glücklicher, der jüngere der beiden Söhne. Stimmt das?"

Er nickte: „Ja, ganz recht. Aber alle nennen mich No."

Sie musste lachen: „No Glücklicher! Das klingt wirklich witzig. Fährst du jetzt nach Hause?"

„Ja, ich wohne in Braunschweig." Er schaute sie erstaunt an. Der Wind pfiff über den Bahnsteig und ihr langes dickes Haar verstellte ihm den Blick auf ihr Gesicht. Er versuchte die Form ihrer Nase zu erhaschen und das Lachen, das er hörte, auf ihren Lippen zu sehen.

Im Zug setzten sie sich in ein Viererabteil gegenüber. Sie raffte ihre blonde Mähne mit beiden Händen zusammen und ließ sie in ein wollenes Gummi gleiten, und er blickte in ein offenes, lebhaftes, irgendwie schelmisches Gesicht. Er holte eine Packung mit Schokoriegeln aus der Tasche und bot sie ihr an.

„Darf ich kurz schauen? Ich bin allergisch auf einen bestimmten Farbstoff."

Sie nahm den Riegel aus seiner Hand und er spürte ihre warmen Finger. Sie las die kleingedruckten Inhaltsangaben und nickte. „In Ordnung."

„Wie geht es Deiner Mutter?" nahm No das Gespräch wieder auf.

„Nicht sehr gut. Sie kann nicht mehr das Haus verlassen. Aber sie hat mich gebeten, zur Beerdigung zu fahren, weil sie Hans immer sehr gemocht hatte. Und irgendwie auch, weil sie damals so eindrückliche Tage bei euch verlebt hat.

Als sie noch zu Ostzeiten in den Westen reisen durfte. Sie hat mir viel davon erzählt."

Es trat wieder eine Pause ein.

„Ich kann mich kaum erinnern an damals", sagte er. „Nur, dass alle sehr überrascht waren, dass deine Mutter zum 40. Geburtstag meiner Mutter kommen durfte. Sie sagten, dass das mit der kleinen Tochter zusammenhängen würde. Es bestand keine Gefahr, dass sie hier bleiben würde. Das warst dann wohl du."

Susanne schüttelte den Kopf und lächelte.

„Nein, das war meine Schwester. Ich bin erst später geboren worden, nach dem Besuch im Westen. Ich habe auch deine Mutter nicht gekannt, denn selbst nach der Grenzöffnung, kein Kontakt, keine Besuche, nichts. Obwohl es nur vierzig Kilometer waren, die sie trennten. Als ob da eine andere, tiefere Grenze war."

No nickte.

„Und wo fährst du jetzt hin? Wohnst du noch in Halberstadt?"

Susanne schüttelte den Kopf. „Nein, ich mache gerade mein Facharztpraktikum in Leipzig."

No lachte auf und seine Stimme klang einen Ton höher. „Sag bloß. Wie Lisa."

Susanne schaute ihn verwundert an.

„Lisa war doch die Schwester deines Vaters, oder?"

„Ja, genau. Sie war auch Ärztin. Mein Vater hat sehr an ihr gehangen. Und manchmal denke ich, sie war der einzige Mensch, den er wirklich geliebt hat."

Schweigend sahen sie aus dem Fenster, als eine Lautsprecherstimme verkündete „Wegen des Defekts an einer

Weiche verzögert sich die Weiterfahrt um wenige Minuten. Vielen Dank für Ihr Verständnis."

Arthur Meise war Angestellter in der Rechtsabteilung einer weltweit operierenden Versicherungsgesellschaft. Sein Büro hatte er am Hauptsitz der Versicherung und er fuhr jeden Morgen mit den öffentlichen Verkehrsmitteln vom Stadtrand ins Zentrum. Bei schönem Wetter ging er sehr gern einen Teil des Wegs zu Fuß. Er wurde aufgrund seiner Gewissenhaftigkeit und Sachkenntnis von den Kollegen und Vorgesetzten überaus geschätzt. Bei allen wichtigen Vertragsabschlüssen war seine Expertise gefragt und seine Lösungsvorschläge wurden allgemein akzeptiert. Sein unmittelbarer Vorgesetzter, der Abteilungsleiter Verträge, konnte sich auf die Zuarbeiten seines Untergebenen verlassen und war in allen komplizierten Verhandlungen oder Rechtsfällen froh, einen Mitarbeiter wie Arthur Meise im Hintergrund zu haben. Meise war ein feingliedriger, jugendlich wirkender Mann. Er trug in der Regel einen grauen Anzug mit einem cremefarbenen Hemd. Auf dem Revers befestigte er das vorgeschriebene Namensschild „A. Meise – Rechtsabteilung". Er kam morgens pünktlich um acht Uhr, machte von halb eins bis viertel nach eins seine Mittagspause und verließ sein Büro um 17 Uhr. Wenn er seine Bürotür schloss, legte er seine Arbeit ad acta. Nie nahm er Akten mit nach Hause oder machte Überstunden. Als man ihn einmal abends anrief mit einer offensichtlich dringenden Fachfrage, verwies er auf seinen Feierabend und als man insistierte und sich am anderen Ende der Leitung aufregte, sagte er, man könne ihm ja kündigen, aber jetzt habe er Feierabend. Er sehe nicht, warum diese Angelegenheit nicht bis zum nächsten Tag warten könne. Man kündigte ihm nicht und klärte die dringende Fachfrage drei Tage später. Seitdem rief man ihn nicht mehr nach Feierabend oder am Wochenende an.

Arthur Meise wohnte in einer gemütlichen Dreizimmerwohnung mit Blick in einen Park. Er war verheiratet und hatte eine achtjährige Tochter. Seine Frau arbeitete in einer Anwaltskanzlei, halbtags, sie wollte sich um die Tochter kümmern und war ohnehin lieber zu Hause als im Büro. Sie verdienten beide ausreichend, hatten etwas auf der hohen Kante liegen und auch die übliche Vorsorge nicht versäumt. Sie fuhren jedes Jahr in den Urlaub und erfüllten viele Wünsche ihrer Tochter, wenn auch nicht alle. Immer wägten sie ab, ob sie die Dinge auch wirklich benötigten, die sie anschafften.

Eines Tages bekam Arthur Meise eine der gewöhnlichen Arbeitsmappen auf den Tisch, in dem sich das neue Mitglied des Aufsichtsrats bei den Mitarbeitern vorstellte. Arthur Meise sah sich das Foto an und stutzte. Den kannte er doch, das war doch, seine Blicke suchten den Text ab, genau, das war Hanno M. Stern. Sein Klassenkamerad und Banknachbar mehrere Jahre lang. Der hatte es aber weit gebracht, staunte Arthur Meise und besah sich lange das feiste Gesicht mit den leicht geröteten Wangen, die offenbar schwer waren, denn sie hangen etwas aus dem Gesicht heraus. Hanno Stern hatte noch das dichte, gelockte Haar, fast ohne graue Strähnen. Er sah trotz seiner Korpulenz dynamisch aus, so wie seine Unterschrift, die Arthur Meise ebenfalls längere Zeit betrachtete. Mit einem kühnen Schwung hatte er den Vornamen nicht ausgeschrieben, sondern ungewöhnlicher Weise nur die ersten beiden Buchstaben, danach das M. und das „n" als letzter Buchstabe seines Nachnamens löste sich in dem aufwärtsgerichteten Strich des „r" auf. Man las also „Ha.M.Ster".

Die Aufmerksamkeit von Arthur Meise war geweckt. Er sah genauer hin und hörte genauer zu, wenn es um Hanno Stern ging. Ihm eilte der Ruf eines durchsetzungsstarken Managers voraus, eines Sanierers, wie er im Bilderbuch steht, dem von mindestens zwei Assistenten zugearbeitet wurde, der in jeder Jacken- und Hosentasche ein Handy hatte und sehr viel unterwegs war. Jedenfalls sah man ihn fast immer mit einem kleinen Rollkoffer im Schlepptau. Morgens, wenn Arthur Meise gegen neun Uhr seinen Kaffee trank, im Stehen und dabei über den Vorplatz des Hauptgebäudes blickte, sah er hin und wieder Hanno Stern mit einem Porsche vorfahren und manchmal stieg mit ihm eine blonde, manchmal eine brünette Dame aus. Immer sehr schlank waren die Frauen und in ein kurzes Kleidchen gezwängt. Beim Mittagessen erzählten die Kollegen, dass Herr Stern in einer großen Villa in der Straße wohne, in der auch der Ministerpräsident sein Haus habe, dass er im Lions Club Mitglied sei und seine Ferien am liebsten auf seiner Luxusyacht verbringe, die im Hafen von Sylt liege.

An einem Donnerstagnachmittag rief der Abteilungsleiter Dieter Dachser seinen Mitarbeiter Arthur Meise zu sich ins Büro. Hier eröffnete er ihm, dass Arthur Meise von der Direktion des Unternehmens als der gewünschte Nachfolger im Amt des Abteilungsleiters mit Sitz im Aufsichtsrat gehandelt wird. Dass sein Chef sich auf das Pensionsalter zubewegte, war ihm bewusst und er rechnete mit einem

Führungswechsel. Er hatte diesen Gedanken aber immer wieder verdrängt. Mit Dachser kam er gut aus, er war immerhin so schlau zu wissen, was er an seinen Mitarbeitern hatte. Es gab schlimmere Chefs. Nun wollte man ihn, Arthur Meise, als Nachfolger von Dachser. Der Chef sah ihn aufmerksam an. Man wolle ihm entgegenkommen, wirklich entgegenkommen. Er solle ein üppiges Gehalt beziehen, mit der Option bereits fünf Jahre vor der regulären Zeit in Rente gehen zu können. Zudem wolle man ihn mit weitreichenden Entscheidungsbefugnissen ausstatten, von denen er, so sein Abteilungsleiter, nur hätte träumen können. Im Gegenzug müsse er natürlich einige Dienstreisen zu anderen Firmenstandorten absolvieren, auch werden wohl Wochenendtermine unumgänglich sein. Arthur Meise murmelte kurz, das werde wohl die Regel sein. Dachser lächelte seufzend. Nun ja, als Mitglied des Aufsichtsrats wird das Wort Feierabend zum Fremdwort. Er würde aber auch in ganz anderen Kreisen verkehren, sich ein Haus in einer besseren Gegend leisten können, seine Frau müsste gar nicht mehr arbeiten, seine Tochter wird auf eine Privatschule gehen können. Dieser Karriereschritt wird sein ganzes Leben verändern. „Es wäre doch schade, lieber Herr Meise", hob sein Chef an, „wenn Sie mit ihren Fähigkeiten als eine untere Charge ihr Berufsleben fristen müssten." Und nach einer Pause setzte er hinzu: „Das wäre wirklich jammerschade." Arthur Meise runzelte die Stirn. „Was passiert, wenn ich nicht will?" Dieter Dachser blickte überrascht auf. „Sie wollen nicht auf der Karriereleiter nach oben? Sie wollen nicht mehr Geld verdienen? Sie wollen nicht mehr Macht haben? Sie wollen einer unter vielen bleiben?"

Arthur Meise saß erstarrt vor dem Tisch seines Chefs. Stille war im Raum. Eine tiefe Stille. „Hören Sie zu, Herr Meise", hob sein Chef erneut an. „Sie haben Zeit, sich ihre Entscheidung zu überlegen. Denken Sie in Ruhe nach. Es ist die Chance ihres Lebens. Wenn Sie ablehnen, sind Sie der Depp. Es passiert natürlich nichts. Schlimmstenfalls bekommen Sie einen neuen Chef, mit dem Sie nicht so gut klar kommen wie mit mir."

Auf dem Nachhauseweg, den er an diesem Nachmittag zu Fuß ging, weil die Sonne noch schien, hatte er den Eindruck, jeden Schritt zu genießen. Er spürte den Asphalt unter seinen Sohlen, atmete ruhig die milde Luft ein und beobachtete die Lichtreflexe in den Schaufenstern. Er ging durch den kleinen Park und setzte sich einige Minuten auf eine Bank nahe dem Teich. Die kleinen Enten amüsierten ihn mit ihrem Geschnatter und ihren flatternden Bewegungen über der Wasseroberfläche. Als er in seine Straße einbog, sah er seine Frau und seine Tochter auf dem Balkon den Kindergeburtstag für den nächsten Tag vorbereiten. Sie spannten Girlanden und hängten selbstgebastelte Laternen auf. Ein Nachbar grüßte ihn winkend von der anderen Straßenseite. Arthur Meise spürte die Erde unter seinen Schuhsohlen.

Am nächsten Tag bot sich zufälligerweise die Möglichkeit, der Sekretärin einen Weg abzunehmen und für sie in die Vorstandsetage zu gehen, um dort eine Akte in besonders eiliger Angelegenheit vorbeizubringen. Er traf im lichtdurchfluteten Gang Herrn Meter, seines Zeichens Mitglied des Aufsichtsrates. Herr Meter ging sofort auf Arthur Meise zu, begrüßte ihn freundlich auf die Schulter klopfend und dankte ihm für die Dokumente. Arthur Meise hatte bereits das tiefe Lachen Sterns aus einem der offenen Büros gehört, als dieser auch schon auf den Flur trat und direkt auf Meter und Meise zusteuerte. „Hans", sprach er Herrn Meter an, „wir brauchen für die Aufsichtsratssitzung noch...", dann brach er ab und schaute irritiert auf Arthur Meise. „Hanno", sagte Hans Meter, „das ist Arthur Meise, unser mit Abstand fähigster Mitarbeiter in der Rechtsabteilung und so wie es aussieht auch bald Mitglied des Aufsichtsrates." Hanno M. Stern streckte seine Hand aus und schüttelte Meises Hand, die dieser fast automatisch gehoben hatte. „Sehr schön", sagte Hanno Stern, „wirklich sehr schön. Wir brauchen fähige Leute wie Sie, ohne die ist unser Erfolg nicht denkbar. Seien Sie herzlich willkommen. Wir sehen uns." Sein Blick glitt dabei über Meises Gesicht, dieser Blick glitt ab, so flüchtig war er, er hakte sich nicht fest. Aus dem Büro wurde nach Stern gerufen und da drehte er sich um, mit dieser Handbewegung, die Meise schon häufiger bei ihm beobachtet hatte. Es war eigentlich eine Bewegung des ganzen Arms, den er mit geöffneter Hand in einem großen Bogen nach hinten beschrieb. Für Arthur Meise sagte diese Handbewegung: ‚Schau, was ich alles habe, was ich schon geschafft habe, wer ich geworden bin. Alles meins.' Und es war auch diese Handbewegung, die Arthur Meise davon abhielt, irgendetwas zu erwidern oder vielleicht auf ihre Bekanntschaft hinzuweisen. Er verabschiedete sich von Hans Meter und als er durch den verglasten Flur über den weichen Teppich lief, freute er sich auf sein kleines Büro mit Blick gen Norden, das sanfte Knacken der Kaffeemaschine und das Summen seines Computers. Heute Nachmittag würde er wieder zu Fuß nach Hause gehen. Es war so ein schöner, warmer Tag. Eigentlich ideal für ein, zwei Wochen Urlaub. Er würde mal mit seiner Frau darüber reden.

Soccer City

|

Sein Blick irrlichterte durch die abendliche Kühle. Alles war leer, sein Kopf, seine Hände, das Stadion um ihn herum verstummt. In diesem Moment, das fühlte er, begann das Ende, das ewige Alleinsein, der Fluch dieses Augenblicks für den Rest seines Lebens. Er hatte den Ball, er hatte ihn zwischen beiden Händen gehabt, doch dann war er ihm entglitten, schnell, unbarmherzig war dieser fucking fucking Ball über die Torlinie gehoppelt und er war hinterher gekrabbelt. Er konnte ihn nicht mehr erreichen. Wie ein großer, unbeweglicher Käfer war er in sich zusammengefallen und hatte dem munter davonrollenden Ball nachgeblickt, der plötzlich viel zu groß und übermächtig für ihn geworden war. Fuck fuck fuck. Immer wieder lief diese Szene in der Wiederholung, bei jeder Spielunterbrechung wurde sein jämmerliches Käferleben vorgeführt, wie er abheben wollte, um den Ball zu fangen, es aber nicht schaffte. Kein Tor wurde so oft gezeigt, wie sein Absturz. Seine Mutter und seine Frau, das sah er ganz genau vor sich, saßen nach einem kurzen Aufschrei stocksteif und gelähmt vor dem Fernseher. Sie würden seine Tränen weinen, später, in der zweiten Halbzeit, wenn er durch dieses Spiel musste. Mit der Angst und der Scham in jeder Bewegung, in jedem Gedanken.

Er saß mit seinen drei Kollegen in der kleinen, quadratischen Kabine und ging die taktische Linie für das kommende Spiel noch einmal durch. Jeder kannte seine Aufgaben, seinen Platz und die Schwächen der anderen. Die Spielaufstellung und die Namen der Spieler wurden mit kurzen Kommentaren genannt. Viele Spiele hatten sie schon gemeinsam geleitet, sie waren ein erfahrenes Team. Sie hatten die harte Vorbereitung auf dieses Turnier überstanden. Jetzt saßen sie hier vor ihrem ersten Spiel bei einem großen Turnier, das größte Turnier, an dem sie jemals teilnehmen konnten. Zwei Mannschaften und eine Diva erwarteten sie. Der teuerste Spieler der Welt. Pro Saison schießt der dreißig Tore für seinen Verein. Der verdient in einer Woche so viel wie er in vier Jahren und er verdient nicht schlecht.

Als er auf dem Platz steht, beobachtet er diesen Spieler, seine geschmeidigen Bewegungen und das katzenschnelle Laufen und Springen über den ganzen Platz. Wie eine Diva. Sie ist die einzige, die nicht die Nationalhymne mitsingt. In sich gekehrt, konzentriert, fast finster erwartet sie das Spiel. Alle Blicke richten sich auf sie, nur auf sie und immer wieder, das ganze Spiel ist auf sie ausgerichtet wie auch alle Fernsehkameras. Dort, wo sie ist, ist das Zentrum. Wie Schatten folgen ihr die Gegenspieler. Bringen sie zu Fall, verstellen ihr den Weg, so dass kein Weg bleibt für ihre Zauberkünste am Ball. Wehe, man fault sie. Sofort beginnt die Diva wild zu gestikulieren, der edle Körper ist tabu. Der teure Körper, die hochversicherten Beine und empfindlichen Füße in knall pinkfarbenen Schuhen. Die Diva spielt allein, ohne Kontakt zu den eigenen Mitspielern. Er spürt einen Widerwillen gegen dieses aufreizende Spiel, die kunstvollen, tänzerischen Dribblings, das theatralische Fallen und die herzzerreißenden Schmerzensschreie der Diva. Außerhalb jeder Kritik scheint sie sich zu fühlen. Sie foult nicht, sondern wird nur gefoult. Und eine Möglichkeit wird es doch geben, dieser Diva die gelbe Karte zu zeigen. Wegen Fauchens.

III

Wenn du so nah vor dem Tor stehst, dann musst du den machen. Das ist Fußball. Unerbittlich. Du musst die Räume eng machen, das ist moderner Fußball. Du musst immer an deinem Gegenspieler dran sein, du darfst keinen Platz lassen. Die Kunst besteht im Raum schaffen und im Raum wegnehmen. Schießt du ein Tor nach dem anderen, jubeln dir alle zu. Triffst du nicht und vergibst du hundertprozentige Chancen, ist alles vergessen, was du je für deinen Verein und dein Land geleistet hast. Und wenn es der Siegtreffer in einem Finale war. Alles nichts wert. An einem Tag bist du der Held, am nächsten der Sündenbock. Das ist Fußball. So ist das Leben. Nur deine vergebenen Chancen bleiben in Erinnerung. Als Verteidiger musst du Spieleröffner sein. Du musst den Ball im Spiel halten und nicht einfach ins Aus schlagen. Deine Rettungsaktion muss in einen Konter münden. Du musst hinlangen können und du musst einstecken können. Fußball gibt dir und Fußball nimmt dir. Als Stürmer musst du immer den Abschluss suchen. Im Mittelfeld musst du kreativ sein, genaue Pässe spielen und Spielfreude verbreiten. Deine Füße müssen mit dem Ball sprechen. Du musst dabei sein, mit allem, was du hast. Du musst immer nachsetzen, du darfst dich nicht zufrieden geben. Als Torwart ist es genauso. Du musst deinen Kasten sauber halten. Kommst du raus, musst du ihn haben. Ganz klar. Aber heute musst du als Torwart auch Fußball spielen können. Früher warst du ein Ausputzer, der furchterregende letzte Mann. Der dumme Affe, den man mit Bananenschalen begrüßte. Heute musst du als Torwart mitspielen können, du bist Teil der Abwehr. Du musst Paraden zeigen und ein Elfmeterkiller sein, auf der Linie gut und vor deinem Kasten unschlagbar. Du musst einfach.

IV

Ein stahlblauer Kaschmirpullover ist zum Star geworden. Da sieht man mal, wie einfach ein Star gestrickt sein muss, um Erfolg zu haben. Ein spitzer V-Ausschnitt, der die Richtung vorgibt und ansonsten nur glatt rechts gestrickt. Gerade, schnörkellos, mit dem starken Zug zum Ziel. Er hat alles gesehen, der stahlblaue Kaschmirpullover, bei jedem Spiel war er wollnah dabei. Schließlich war ja auch Winter und so schmiegte er sich kuschelig an einen aufgeregten Ober-körper, der trotz kühler Temperaturen Schweiß absonderte. Wenig zwar, aber er sog ihn in sich auf, wie ein erfrischen-des Getränk. Ganz nah hat er sie erlebt, die Helden der Nation. Sie wurden an ihn gedrückt oder er legte seine warmen Arme um sie und er spürte, dass auch ein Held die sanfte Zuneigung eines wollenen Fadens braucht. Schließlich geht auch in einem Heldenleben mal etwas daneben.

V

Ich betrete mein Büro und klappe den Laptop auf. Mein persönlicher Assistent hat mir Filmausschnitte zusammengestellt. Die Vorbereitung auf das nächste Spiel läuft. In meinem Postfach lese ich mehrere Mails von den Scouts, die die gegnerische Mannschaft in der letzten Woche beobachtet haben. Beim Training, bei einem Testspiel und neben dem Platz. Das ist wichtig, denn nur neben dem Platz erfährt man, ob es auf dem Platz funktioniert. Ich bin Fußballtrainer und damit ein moderner Personalmanager. In meinem Büro bin ich häufiger als in der Kabine mit den verschwitzten Männerkörpern. Ich sitze mehr, als dass ich auf meinen Füßen unterwegs bin. Gegen einen Fußball trete ich immer seltener, denn Fußball ist ein Modell für modernes Management. Motivation ist dabei eine Voraussetzung für den Erfolg. Hinzu kommt der Umgang mit Fehlern: Was passiert mit meinem Mitarbeiter, wenn er hochkarätige Chancen vergibt? Halte ich an ihm fest, verbanne ich ihn auf die Ersatzbank oder streiche ihn aus dem Kader? Der Doppelpass wird zum Ausdruck eines sozialen Systems, die Flanke wird zum Kooperationsangebot. Nur wer hier mitmacht, kann gewinnen. Durch das System für das System. Disziplin ist das oberste Gebot. Wer sich einmal unerlaubt von der Mannschaft entfernt hat, fliegt. Da gibt es auch Monate später keine Gnade und keine erneute Einstellung. Die Anordnung des Chefs zählt. Eigensinn ist schlimmer als eine vergebene Chance. Wie erzeuge ich diesen Teamgeist zur Teamarbeit unter Spitzenverdienern und Individualisten? Unter Leuten, die mehr verdienen als ich, ihr Chef, die schöner, jünger und begehrenswerter sind? Ich muss andere Ziele ansprechen, die nicht mit Geld zu haben sind: überhaupt in die Mannschaft berufen zu werden und auf der Ersatzbank Platz nehmen zu dürfen, auflaufen zu dürfen, der Ruhm, zur Fußballelite zu gehören, das Vertrauen auf die Stärken meiner Mitarbeiter, die Kenntnis ihrer Schwächen und die Nachsicht, dass wir alle nur Menschen sind und damit fehlbar. Ich bin nicht mehr als ein Koordinator, der Talente und Energien auf ein gemeinsames Ziel hin bündelt. Das, was bei uns die Tore sind, ist in jedem x-beliebigen Unternehmen das Produkt. Das Runde muss ins Eckige oder übersetzt: das Produkt muss zum Kunden. Wir müssen den Kunden verführen mit unserem Spiel und unseren Erfolgen. Am Ende soll er zahlen. Unsere Währung ist das Tor. Denn nur mit Toren erreichen wir Begeisterung bei unseren Kunden, den Fans. Dann kommen sie, wollen uns sehen, fahren Fähnchenwerbung für uns durch die Straßen, kleiden sich wie wir, essen und trinken, was wir essen und trinken. Trotzdem: morgen kann der Erfolg schon vorbei sein, denn Fußball ist kein berechenbares Spiel, genauso wenig wie die Wirtschaft. Trotz aller Taktik und Strategie.

Apokalypse

Am Anfang schuf Gott Himmel und Erde. Und er schuf sechs Tage lang, richtete die Welt ein, alles lief perfekt, Wasser, Pflanzen, Vögel, Licht. Doch dann kam Gott am Samstag auf den merkwürdigen Gedanken, dass etwas fehlen würde. Der Mensch. Gott hatte schon viel gearbeitet, als er den Menschen schuf. Er machte den Mann und, der Einfachheit halber, brach er eine Rippe aus ihm heraus und schnitzte das Weib noch schnell vor der Mittagspause. Ich weiß ja nicht, wie ihr so drauf seid, wenn ihr am Samstag arbeiten müsst. Jedenfalls werden wohl die wenigsten Menschen mit guter Laune am Samstag zur Arbeit fahren. Ganz zu schweigen von der Qualität an diesen Tagen. Aber das wollte ich euch hier gar nicht erzählen. Ich bin nämlich ein Teleologe, wohlgemerkt kein Theologe sondern ein Teleologe, einer, der von der Zielstrebigkeit des Weltgeschehens überzeugt ist, also davon, dass die Entwicklung immer weitergeht und einen bestimmten Endzweck verfolgt. Ich will euch nämlich erzählen, wohin die Welt strebt. Ja, ja, dem Untergang entgegen, höre ich euch stöhnen. Aber auch das meine ich nicht. Ich will euch von dem letzten Bild unserer Welt erzählen, sozusagen von der letzten Einstellung, wenn ihr das besser versteht, heutzutage muss man ja alles in filmischer Sprache ausdrücken. Also hört mal zu.

Am Ende unserer Tage wird eine alte, bucklige Frau über die verbrannte, kraterartige Erde schlurfen und eine kleine braune Ledertasche in der linken Hand tragen. In der linken Hand wohlgemerkt, denn in der rechten hält sie einen Stock, auf den sie gestützt langsam vorwärts humpelt. Sie wird der letzte Mensch sein. Ja, ihr hört absolut richtig, der letzte Mensch ist kein Mann, sondern eine Frau. Frauen haben eine höhere Lebenserwartung. Ohnehin sind Männer wehleidig, sie werden längst den zahlreichen Krankheiten, die über die Menschheit hereinbrechen, zum Opfer gefallen sein. Also diese Frau humpelt über den Erdball, fragt mich nicht, wo sie ist. Es gibt keine Länder mehr, keine Städte, Wälder oder Felder, alles ist braun, in Nebel eingehüllt und kalt. Manchmal fällt die alte Frau einfach um, vor Erschöpfung, bleibt eine Weile liegen und schläft. Das Licht ist längst ausgeknipst, kein Tag und keine Nacht mehr. Irgendwann rappelt sie sich wieder auf und läuft weiter.

Sie hat noch eine Lebensmittelration von sieben Tagen in ihrer braunen Ledertasche und sie weiß, in diesen sieben Tagen muss sie ihr Werk vollbracht haben. Ihr seht also, kein freier Tag zum Ausruhen. Ab und an hält sie kurz inne und begutachtet die Erde, über die sie läuft. Sie scheint etwas zu suchen, befühlt den Erdboden, schüttelt den Kopf und humpelt weiter. Sie blickt nicht nach oben, denn über ihr ist nur Nebel. Sie erinnert sich, dass sie in ihren Kindertagen Abbildungen von einem sogenannten Himmel gesehen hat. Blau soll er gewesen sein. Sie hat keine Vorstellung von dieser Farbe.

Dann kommt sie an einer kleinen Quelle vorbei und rastet einen ganzen Tag lang, so groß ist ihre Freude über das Wasser. Sie nimmt von der braunen Flüssigkeit in einem kleinen Gefäß ein wenig mit. Viel kann sie nicht tragen, die Tasche ist bereits voll. Kleine Amphibien huschen vor ihren Füßen entlang, manchmal sieht sie große, dunkle, sich bewegende Gestalten vor sich. Sie weiß nicht, ob dass Reptilien sind oder Felsen im Nebeldunst, schnell ändert sie dann die Richtung und prüft erneut den Untergrund, auf dem sie läuft. Meist ist es Gestein, betonartige Erde. Sie braucht aber weiche Erde, die sie an ihrer hellbraunen Farbe zu erkennen hofft.

Endlich am siebten Tag morgens wird sie das passende Stück Erde finden. Sie wird zwei tiefe Gruben ausheben, die erste sehr viel tiefer als die zweite. Mit ihren bloßen Händen und dem Stock. Sie wird auch nicht vergessen, in der ersten Grube so etwas wie eine kleine Treppe einzubauen, denn sie wird dieses Loch wieder verlassen müssen. Sie wird also hinabsteigen, in diese Grube und ihre Tasche öffnen. Sie wird ein dickes, in Leder eingefasstes Buch herausnehmen, die Seiten vergoldet. Sie wird sanft über den Einband streichen und ihre Schultern werden dabei erzittern, fast unmerklich. Sie wird dieses Buch aufschlagen, in einer Tasche ihres zerschlissenen Kleides herumkramen und einen Stift zutage befördern. Auf den inneren Buchdeckel wird sie mit ihrer krakeligen Schrift „Macht es besser!" kritzeln. Dann wird sie das Buch schließen, es mit ihrer Tasche auf den Boden legen, mühsam aus der Grube klettern und die lockere Erde darüber werfen. Danach wird sie sich in die zweite Grube fallen lassen, in die ohne Treppe. Ja, liebe Leute, jetzt wisst ihr, wie es am Ende aller Zeiten aussehen wird. Jetzt dürfte euch klar sein, was Gott gemacht hat: Er hat den Fehler ins System mit eingebaut, ganz am Ende, am Samstag. Eine tickende Zeitbombe. Aber ihr wisst ja auch, dass jedes Ende ein Neuanfang bedeutet. Nach dem Ende ist vor dem Ende. In diesem Sinne, seid wachsam Leute.

Tod auf der Sonnenbank

I

Bereits durch die offene Tür der Massagepraxis wehte Rainer Bär beim Erklimmen der kleinen Vortreppe ein süßlich-verbrannter Geruch entgegen, der ihm sofort Übelkeit verursachte. Kramer stemmte die Vorderpfoten gegen das die Treppe-hochgezogen-werden. Ihm gefiel der Geruch offensichtlich auch nicht, denn sonst war er immer vor Rainer Bär in der Praxis. Herrchen hatte den unbestimmten Verdacht, dass sein Hund hier eventuell nicht wohlgelitten sein konnte. Also machte er schnell kehrt, band ihn am Fahrradständer fest und eilte in die Praxis. In diesem Moment jagte ein Polizeiauto mit Blaulicht die leichte Steigung der Hauptstraße des kleinen Dorfes Moosbach hinauf und kam vor der Massagepraxis von Helga Vetter zum Stehen. Rainer Bär eilte, dass er in die Praxis kam, denn wenn erst die Polizei da war, würde er heute nicht mehr erfahren, was hier eigentlich los war.

Beim Betreten der Massagepraxis dachte Rainer Bär einen seiner Lieblingssprüche: Das ist doch ein dicker Hund, meine Katze. Einige Leute rannten in der Praxis hin und her und hätten ihn fast umgerissen.

„Raus, raus", rief einer der Vorbeieilenden.

„Die Polizei ist da!" antwortete Bär.

Helga Vetter saß schluchzend im Vorraum.

„In meiner Praxis! Was… wie… ich… kann es nicht verstehen."

Rainer Bär versuchte sich im Vorraum so dünn wie möglich zu machen, was gar nicht so einfach war. Er war ein korpulenter Mittvierziger, groß und massig, mit Glatze und einem Bauch, der seine Essensfreude jedem sogleich offenbarte. Jetzt versuchte er, einen Blick zu erhaschen, von dem, was hier vor sich ging. Dazu musste er etwas weiter vordringen. Die verschiedenen Anrufe, er solle doch wieder abhauen, ignorierend, schob er sich einige Schritte nach vorn und sah im hinteren Teil der Massagepraxis in einer geöffneten Sonnenbank einen roten, mit Blasen übersäten menschlichen Körper liegen. Leises Stöhnen schien aus dieser Richtung zu ihm zu dringen. Eine Frau, die vor der Sonnenbank stand, nahm den umhereilenden Menschen die nassen Tücher ab und legte sie vorsichtig auf den Körper. Bei jeder Berührung verstärkte sich das Stöhnen kurz.

„Wann kommt denn endlich der Krankenwagen?" – rief jemand.

„Tür zu!" – gellte es durch den Raum.

Das Brathühnchen hat sich wohl in der Zeit vergriffen, dachte Bär und registrierte die umhereilenden Helfer. Der alte Krause, der am Bahnhof wohnte, ging sicherlich nur zur Massage, um auch mal Frauenhände zu spüren. Elke Richter, Schichtarbeiterin und offenbar mit Erster-Hilfe-Ausbildung, schien zu wissen, wie man in dieser Situation am besten helfen konnte. Sie gab die Anweisungen, was sie brauchte und was die anderen holen sollten. Die Inhaberin der Massagepraxis Helga Vetter saß gelähmt vom Schock auf einem Stuhl und überlies alles der Richter.

In der kleinen Küche hinter dem Tresen hantierte der Lebensgefährte von Helga. Bär fiel der Name gerade nicht ein, aber ihm fiel auf, dass er eine Lederjacke trug, so als ob er gerade erst hier angekommen ist. Er riss Handtücher aus dem Schrank, ließ Wasser in einen Eimer laufen, tauchte die Handtücher hinein, wrang sie aus und gab sie weiter an den alten Krause, der sie zu Elke Richter brachte. Neben Elke Richter standen noch zwei Frauen, doch die erkannte Bär nicht, da sie ihm den Rücken zuwandten. Wer mochte dort auf der Sonnenbank liegen? Eine Frau ist es sicherlich, dachte Bär. Die Kleidung, die auf dem Stuhl lag, deutete daraufhin. Ein rosa T-Shirt und eine Jeanshose, die mit kleinen funkelnden Nieten besetzt war. Vor allem natürlich die Schuhe, schmale schwarze Damenschuhe mit einem kleinen Absatz. Von der Kleidung ließ sich auf das ungefähre Alter schließen. Bär vermutete eine jüngere Frau, also unter jünger verstand er jünger als er es war. Die schmalen Umrisse des Körpers, den er kurz gesehen hatte, schienen das zu bestätigen.

Die Polizisten kamen hereingestürzt, gleichzeitig hielt ein Krankenwagen und zwei Sanitäter liefen in der einen Hand einen Koffer und in der anderen eine Trage auf die Sonnenbank zu. Energisch forderten zwei Polizisten die Anwesenden auf, die Praxis zu verlassen und drängten die Menschen regelrecht aus der Praxis.

„Nun gehen Sie doch! Hier gibt es nichts mehr zu sehen."

Bär wurde von zwei Händen aus der Praxis geschoben. Er machte die entrüstete Fassen-Sie-mich-nicht-an-Geste und schon stand er wieder neben Kramer, der zu ihm hochschaute und dann an ihm hochsprang. Er wollte jetzt endlich losgebunden werden. Bär tat ihm seinen Willen. Nach und nach mussten alle Helfer die Massagepraxis verlassen. Auch Bär lief nicht gleich los, sondern wollte noch einige Neuigkeiten aufschnappen. „So was aber auch." „Ob sie das überlebt?" „Bei den Verbrennungen?" „Kennst du die Frau?" „Nein, keine Ahnung." „Die wohnt dahinten, in der neuen Siedlung. Aber wie sie mit Namen heißt." „Da müsste man mal Helga fragen."

Kramer hatte sich schon immer einen Sport daraus gemacht, das Bein an den unmöglichsten Stellen zu heben. Jetzt zog er sein Herrchen zu einem neuen Alpha Romeo, um das Hinterrad mit seiner gelben Flüssigkeit zu bespritzen. Rainer Bär zog an der Leine, aber Kramer, ein friedlicher und meist stummer Hund, begann intensiv zu knurren. Kein gutes Zeichen. Also schaute Bär nur leicht gestresst um sich und hoffte, dass der Köter sein Geschäft schnell zu Ende brachte.

„Terrorist", zischte er Kramer zu und stützte sich kurz auf der Motorhaube des Wagens ab. Der Wagen war noch warm. Als er vorhin gekommen war, war ihm dieser Zuhälterschlitten schon aufgefallen, auf der Hauptstraße hatte er ihn überholt. Wem der wohl gehört? Jedenfalls muss der Besitzer nur kurze Zeit vor ihm in der Praxis eingetroffen sein.

Aber schon war er wieder abgelenkt, denn Kramer sah sich auch sehr gern in der Rolle eines Staubsaugers für Hundescheiße und schnappte gerade nach einem dunklen Kotstückchen neben dem Bordstein. Bär konnte ihn in letzter Sekunde zurückziehen.

„Du verdammter Scheißefresser", schimpfte er. Er blickte trotzdem das Objekt der Begierde seines Hundes genauer an und stellte fest, dass es ein angerosteter Sicherheits-schlüssel war. Er hob ihn auf und ließ ihn in die Tasche gleiten.

In diesem Moment kam der Lebensgefährte der Vetter aus der Praxis und schaute Bär an.

„Was haste denn da gefunden?" – rief ihm, jetzt fiel Bär auch der Name wieder ein, Klaus Dieting zu.

„Nichts. Ich hebe nur die Scheiße meines Hundes auf, wie sich das gehört." – antwortete Bär.

„Und steckst die dann in die Jackentasche."

„Ich kann sie dir ja schenken, wenn du scharf drauf bist. Oder siehst du hier einen Mülleimer?" – Bärs Ton war aggressiv angeschwollen.

„Iss ja gut." – wiegelte Klaus Dieting ab und schwang sich in den Alpha Romeo. Als er auf den Wagen zusteuerte, klebte sein Blick auf der Straße, so als ob er etwas suchte. Er ließ den Motor an und zischte mit quietschenden Rädern ab.

„Idiot." – murmelte Bär und machte sich auf den Heimweg.

„Frauchen wartet bestimmt schon", sagte der große, kahlköpfige Bär zu seinem kleinen, braungelockten Terrier, der ihn aber nicht weiter beachtete und mit der Schnauze schon wieder in einer Rabatte herumschnüffelte. Bär ging mit seinem Hund normalerweise nicht auf der Hauptstraße von Moosbach spazieren. Viel lieber lief er durch die Felder oder am nahegelegenen Bach entlang. Sein Haus lag am Dorfrand und nach nur wenigen Schritten war er in der Natur. Er gehörte zu den Alteingesessenen, war ein richtiger Moosbacher und konnte es sich auch nicht vorstellen, an einem anderen Ort zu leben, etwa in einer Großstadt. Wenn er nicht gerade mit Kramer durch die Natur streifte, so machte er sich am liebsten in seinem japanischen Vorgarten zu schaffen, den er seit Jahren immer wieder neu- und umgestaltete mit typischen asiatischen Gewächsen, den obligatorischen Steinen in allen Größen und weißen Steinlaternen, dem i-Tüpfelchen. Jeden Morgen galt sein erster Blick den Steinlaternen, ob sie auch die Nacht gut überstanden hatten. Die Arbeitstage waren ihm meist zu lang und die Feierabende viel zu kurz.Rainer Bär war ein Spießer und er liebte sein Spießerleben.

II

Zwei Tage nach dem Vorfall in der Massagepraxis, an einem Donnerstagnachmittag, bearbeitete Bär in der Gemeindeverwaltung des Landkreises Walden einige Bauanträge. Kramer lag unter dem Schreibtisch und döste vor sich hin, als es an der Tür klopfte. Gleichzeitig öffnete sie sich und Heinz Ritter, Bärs Kumpel aus dem Schützenverein und Mitarbeiter im Ermittlungsteam der Polizei betrat das Büro.

Bär schaute kurz auf.

„Du störst."

„Ist dienstlich", sagte Ritter und nahm auch schon Platz auf dem freien Stuhl neben Bärs Schreibtisch. Ritter schaute gern mal auf ein Schwätzchen vorbei, das sich im schlimmsten Fall eine ganze Weile hinziehen konnte. Bär hatte immer den Eindruck, dass er mehr zu tun hatte als sein Freund und wenn dieser ihn eine Stunde lang mit belanglosem Zeug über den Schützenverein zugequasselt hatte, kam er meist mit seinem Arbeitspensum ins Hintertreffen. Die Stunde des Feierabends war schließlich heilig.

„Dann störst du noch mehr", brummte Bär missmutig.

„Ich muss dir ein paar Fragen stellen."

Bär brummelte erneut, griff hinter sich und angelte eine Tasse von dem Beistelltischchen. Er goss dem Freund eine Tasse Kaffee aus seiner Thermoskanne ein, während Kramer kurz den Kopf hob und dann wieder leise zu schnarchen anfing.

„Du warst doch am Dienstagnachmittag in der Massage-praxis, als dort eine Kundin auf der Sonnenbank schwerste Verbrennungen erlitt?"

Bär nickte.

„Ich wusste nicht, dass es eine Frau war", log er.

„Nur die Haare waren noch blond. Sie hat so schwere Ver-brennungen erlitten, dass sie diesen heute Morgen erlegen ist. Der Körper war voller Blasen und einige Stellen waren sogar schon schwarz."

„Oh, wie schrecklich."

Ritter nickte. „Sie ist nicht noch mal zu Bewusstsein gekommen. Aber wirklich kein schöner Tod."

„Ja, wie kann so etwas passieren? Hat sie sich zu lange dort brutzeln lassen? Manche können einfach nie genug be-kommen."

Heinz Ritter schaute seinen Freund ernst an.

„So einfach scheint die Sache nicht zu sein. Die Leiche ist jetzt in der Gerichtsmedizin und wird obduziert. Die Sonnenbank wurde sichergestellt, damit man sehen kann, ob eventuell ein Defekt an der Sonnenbank vorgelegen hat. Zeitschaltuhr defekt, was weiß ich."

„Das ist doch nicht möglich! Das könnte dann ja jedem passieren, wenn er dort liegt und einschläft!"

„Es ist nicht klar, ob sie wirklich freiwillig so lange in dem Ding lag."

„Du meinst Mord?"

„Keine Ahnung. Wenn es Mord sein sollte, dann aber auf eine ganz fiese Art."

„Es kann auch sein, dass die Zeitschaltuhr manipuliert wurde. Die Inhaberin schwört natürlich, dass alles in bester Ordnung ist."

„Klar, sonst könnte sie sich ja gleich einen Strick nehmen."

Heinz Ritter nickte: „Wir müssen das alles noch prüfen. Aber kennst Du Heike Kunz?"

„Hieß sie so?"

„Ach ja, das habe ich noch gar nicht gesagt. Heike Kunz, 36 Jahre, lebte mit Andreas Finkel zusammen, kam aus Hannover aufs Land nach Moosbach."

„Nein, kenne ich nicht. Vielleicht vom Sehen. Den Finkel kenne ich, der war doch vor ein paar Jahren im Schützenverein gewesen."

„Ja, sein Bruder ist noch bei uns. Denk mal drüber nach und ruf mich dann an. Hör mal in Deiner Nachbarschaft rum."

„Ist das nicht Dein Job?"

Jetzt stöhnte Ritter.

„Natürlich ist das mein Job, aber ich habe keine Zeit. Es gibt auch noch andere Fälle, um die ich mich kümmern muss. Das hier sieht ganz nach einem Unfall aus, aber wer weiß. Die Obduktionsergebnisse liegen vielleicht morgen vor. Wenn wir keine verdächtigen Anhaltspunkte finden, wird die Akte ganz schnell geschlossen."

„Hm, verstehe."

„Ich hab's eilig, Alter. Bis Freitag im Schützenverein."

Ritter stand ruckartig auf, ging zur Tür und winkte Bär versöhnlich zu. Kramer sprang erschrocken auf und knurrte ihm hinterher.

„Mach's gut." – knurrte auch Bär dem Freund nach.

Als er sich wieder seinen Bauzeichnungen zuwandte, kramte er in seinem Gedächtnis nach dem Gesicht von

Andreas Finkel und nach der Frau, mit der er ihn eventuell gesehen haben könnte. Aber ohne Erfolg. Er beschloss, gleich an diesem Nachmittag die Massage, die am Dienstag ausgefallen war, nachzuholen.

III

Bär machte sich also erneut auf den Weg in die Massagepraxis. Als er die Praxis betrat, fand er alles wie gewohnt vor. Nur die Kabine mit der Sonnenbank war leer und mit einer Holzwand verschlossen. Etwas roch es noch verbrannt. Helga Vetter lief gerade den schmalen Gang vor den vier nebeneinander liegenden Massagekabinen entlang zum Tresen. Sie winkte Bär lächelnd zu und deutete auf eine Kabine, in die er sich schon hineinlegen könne.

„Einen Moment dauert es noch", sagte sie leise im Vorbeigehen.

Bär mochte diese Momente. Wenn er nach der Arbeit zur Massage ging und noch eine Weile still daliegen konnte, bevor die Behandlung begann. Er döste und war mitunter auch schnell weggedämmert. Kein Wunder bei der säuselnden Entspannungsmusik im Hintergrund. Helga Vetter sprach wenig bei ihrer Arbeit, sie war sehr konzentriert. Bär konnte sie in der Nebenkabine arbeiten hören. Sie war eine gute Masseurin.

Ein leiser Wortwechsel weckte ihn auf, offenbar kam er aus der Nebenkabine und war von den knisternden Geräuschen überdeckt, die eine Person verursacht, wenn sie sich anzieht.

„Ja klar, erinnere ich mich." – Das war die Stimme von Helga Vetter.

„Hast du danach die Sonnenbank überprüfen lassen?" fragte eine helle Frauenstimme.

„Der Wartungsdienst war da, hatte das Gerät überprüft und nichts festgestellt. Ich hatte dir das doch erzählt."

„Ich hatte zwar nur leichte Verbrennungen, bin aber dann trotzdem noch zum Arzt gegangen, der mir abriet, mich auf der Sonnenbank bräunen zu lassen. Vielleicht gibt es einen Zusammenhang mit Heike."

„Was soll es denn da für einen Zusammenhang geben!"

„Ich war eingepennt, das ist mir vorher noch nie passiert. Und als ich nach Hause kam, habe ich festgestellt, dass jemand bei mir eingebrochen war."

„Ich weiß nicht. Aber vielleicht ist es besser, wenn du das der Polizei erzählst."

„Meinst du? Ist aber irgendwie komisch, wenn ich jetzt drei Wochen später damit komme."

Bär war hellwach. Er erhob sich leise von seiner Liegebank, trat ans Fenster und schaute sich die Wagen an, die vor der Praxis in einer Reihe parkten. Golf, Golf, Golf, ein roter und zwei silberfarbene, und ein kleiner dunkelblauer Polo. Er notierte sich schnell die Kennzeichen. Die Frau aus der Nebenkabine hatte den Vorhang bei Seite geschoben und sich von Helga Vetter verabschiedet. Als sie in Bärs Kabine trat, lag dieser schon wieder auf seiner Liege und schien zu schlafen. Helga Vetter blieb einsilbig und nachdenklich, während ihre Hände seine Nacken- und Rückenmuskulatur auflockerten. Bär stöhnte zufrieden auf und entspannte sich unter der langsamen Auflösung aller seiner Verspannungen. Später rief er Ritter an und bat ihn, ihm die Fahrzeughalter der notierten Kennzeichen durchzugeben.

„Ich weiß, dass du das eigentlich nicht machen darfst. Aber ich habe eine interessante Entdeckung gemacht", köderte Bär den Freund.

„Aha? Was denn?"

„Stell dich nicht so an. Mit der Info kannst du auf jeden Fall Punkte bei deinem neuen Chef sammeln. Durch Zufall habe ich gehört, dass vor drei Wochen einer Kundin der Praxis bereits ähnliches wie Heike Kunz passiert ist. Nicht mit Todesfolge, aber doch mit Verbrennungen."

„Sag bloß! Das ist wirklich interessant. Und du weißt nicht, wer das erzählt hat? Ihr kennt euch doch alle im Dorf."

„Ja nun, so ist es nun auch wieder nicht. Schließlich ziehen jährlich viele hierher aufs Land und man kennt längst nicht mehr jeden, schon gar nicht an den Stimmen. Ich habe die Frau nicht gesehen, sie lag in der Nebenkabine. Vielleicht hat sie irgendeine Verbindung zu Heike Kunz. Sie nannte sie beim Vornamen, so als ob sie auch mit ihr vertraut gewesen war."

„Na dann gib mir mal die Autokennzeichen durch."

Ritter gab die Kennzeichen in seinen Computer ein.

„Zwei Autos sind auf männliche Halter zugelassen, ein weiterer Golf läuft auf den Namen von Helga Vetter. Der kleine blaue Polo ist auf Silke Baum zugelassen, 45 Jahre alt, wohnhaft in Moosbach."

„Vielleicht ist sie das. Ich schau mir die Frau mal an, aus der Nähe meine ich. Was hast du gesagt, wo wohnt sie?"

„Ich habe noch gar nichts gesagt und darf es eigentlich auch nicht. Sie wohnt An der Bleeke 5. Eh, Rainer, das ist eigentlich mein Job."

„Ach komm, ich lauf bei der mal vorbei, wenn ich mit Kramer Gassi gehe. Dafür musst du doch nicht extra hier vorbeifahren. Ist ja auch alles sehr vage."

„Nun ja. So richtig gut finde ich das aber nicht."

„Wir sehen uns morgen Abend im Schießklub. Mach's gut, Heinz."

Bär legte auf. Er war neugierig geworden und hatte auch schon eine Idee, wie er Silke Baum kennenlernen konnte. Sie wohnte zufälligerweise in der Nachbarschaft von Heike Kunz und Andreas Finkel, in der neuen Siedlung am Dorfrand, nur wenige Häuser voneinander entfernt. Ob das überhaupt ein Zufall war?

An diesem Abend drehte er eine große Runde mit Kramer durch das Wohnviertel von Silke Baum. Er lief auf unterschiedlichen Wegen an ihrem Haus vorbei und beobachtete die Nachbarn, vor allem das Haus von Andreas Finkel. Wie unbewohnt, lag es unbeleuchtet vom Bürgersteig zurückgesetzt. Kein Auto im Carport. Bär überlegte, was Finkel für ein Auto fuhr. Einen Geländewagen, so ein Typ fuhr natürlich einen Geländewagen.

IV

Blechern knallten die Schüsse der Luftgewehrschützen durch den Raum. Rainer Bär schwitzte, denn er hatte schon fünf Serien absolviert, als Heinz Ritter das Schützenhaus betrat: „Komm, wir gehen runter an den Großkaliberstand. Dort haben die Sportschützen ihr Training gerade beendet und du kannst mal mit 'ner richtigen Waffe schießen."

„Du weißt doch, dass ich gern mit dem Luftgewehr schieße, eigentlich viel lieber als mit den großkalibrigen Dingern."

Etwas verspätet rutschte der Groschen bei Bär. „Ich komm ja schon, Heinz."

Als sie in der Außenanlage ihre Smith & Wesson 357 Magnum für das Training vorbereiteten, sprachen sie kein Wort. Heinz Ritter schoss zuerst, nach einer Weile begann auch Rainer Bär zu schießen. Er war ein guter Schütze, er hatte eine ruhige Hand und konnte sich in den Schuss hineinversenken, wie er immer so gern sagte. Bei Ritter lief es nicht so gut. Er setzte einige Fehlschüsse. Bär beobachtete den Freund, bei dem sehr schnell der Schweiß ausbrach. Was der wohl hatte, fragte er sich. Ist doch sonst nicht so zittrig.

„Hat der Finkel eigentlich was auf dem Kerbholz?" fragte Bär so nebenbei, in einer kurzen Schießpause. Ritter antwortete nicht sofort.

„Ja, er scheint in irgendwelche Geschäfte verwickelt zu sein, aber bisher konnte man ihm noch nichts nachweisen. Wusstest du, dass ihm die Kette von FitnessCentern mit dem Namen *Men & women fitness* gehört?"

„Nein, keine Ahnung. Ich dachte immer, dass er ein Pharmavertreter ist."

„Ja, das war er mal. Mit Pharmaka hat er offenbar auch immer noch zu tun. Aber wie, das haben wir noch nicht herausbekommen. Jedenfalls verfügt er nach wie vor über sehr gute Kontakte in diese Industrie."

„Woher weißt du das?"

„Er geht bei einigen Bossen ein und aus. Wir beobachten einen von denen und da wurde auch Andreas Finkel gesehen."

„Und hast du mal nach Silke Baum recherchiert?"

„Ja. Sie ist 45, geschieden. Der Sohn ist 22, längst aus dem Haus. Sie wohnt seit ein paar Jahren allein in dem Einfamilienhaus. Sie ist Bankkauffrau und arbeitet in Walden. Sie hat vor drei Wochen einen Einbruch in ihr Haus gemeldet, von den Verbrennungen auf der Sonnenbank hatte sie allerdings nichts gesagt."

„Ich werde mir die Frau mal genauer ansehen."

„Du weißt, dass du nicht auf eigene Faust ermitteln sollst."

„Mach ich ja gar nicht, ich habe nur gesagt, dass ich mir die Frau mal genauer ansehen werde."

Ritter nickte etwas genervt. In diesem Moment kamen andere Schützenbrüder in den Raum, darunter Dirk Finkel, der Bruder von Andreas Finkel. Die beiden Freunde gingen ganz automatisch auf ein anderes Thema über.

V

Am nächsten Sonntag drehte Rainer Bär ungewöhnlich spät mit Kramer die obligatorische Runde. Am Wochenende wurde es ja meist etwas später, aber vor dem Mittagessen waren sie immer draußen. An diesem Sonntag war es bereits früher Nachmittag, als sich Bär mit seinem langsam ungeduldig werdenden Hund auf den Weg machte. Bär hatte etwas vor. Er leinte Kramer ausnahmsweise an und hielt ihn unnachgiebig kurz, um zu verhindern, dass dieser bereits seinem natürlichen Verlangen auf dem Fußweg nachgab. Er hatte ein Ziel und lief schnurstracks durch das halbe Dorf zum Haus von Silke Baum. Kurz vor ihrem Grundstück ließ er Kramer von der Leine. Kramer sauste auch sofort los und direkt in den Vorgarten von Silke Baum, wo er sich sofort auf ein Rasenstück hockte und abdrückte. Das lief ja wie geschmiert. Aufgeregt rannte Bär hinterher, suchte ein Plastikbeutelchen aus seiner Jackentasche und schnappte nach Kramer, da dieser sein Geschäft noch nicht beendet hatte. Er schimpfte laut mit ihm und hielt ihn im Nacken fest. Kramer jaulte auf und fing an zu zappeln, aber Herrchens Griff war fest und nicht zu entkommen. Bär band seinen Hund wieder fest und schimpfte weiter. Dann macht er sich daran, die Hundekacke mit der Tüte aufzuklauben. Ein leichter Brechreiz würgte ihn, als sich endlich die Haustür öffnete und Silke Baum heraustrat. Erstaunt und fragend blickte sie ihn an.

„Was machen Sie denn da?"

„Entschuldigen Sie bitte", stotterte Bär, „ich, der Hund, also er ist mir ausgebüxt und hat jetzt sein Häufchen hier, auf ihren Rasen, gemacht. Das ist mir sehr peinlich, jedenfalls mache ich gerade die Sauerei weg."

„Na, Sie sind ja ein netter Mensch. Wenn das mal alle machen würden!"

„Wissen Sie, ich habe auch einen kleinen Vorgarten, in den ich viel Zeit investiere und wenn ich dann da Hunde- oder Katzenscheiße sehe, könnt ich immer richtig wütend werden."

„Sie können das Beutelchen dort drüben in die Tonne werfen."

Silke Baum zeigte auf eine Abfalltonne am Zaun. Sie war einige Schritt auf Bär zugegangen und betrachtete ihn neugierig, wie er auf ihrem Rasen hockte und langsam die Hundescheiße aufsammelte. Bär blickte zu ihr auf und runzelte die Stirn.

„Ah, jetzt weiß ich, wo ich Sie schon mal gesehen habe. In der Massagepraxis bei Helga. Sie lassen sich dort auch verwöhnen."

„Ach ja? Stimmt, ich gehe dort immer mal hin, Sie habe ich dort aber noch nie gesehen."

„Kein Wunder, meist falle ich nicht auf." – witzelte Bär. Er war jetzt beim Thema, hatte sich aufgerichtet und blickte zu Silke Baum hinunter.

„Schlimm, was da passiert ist", sagte sie.

„Ja, das kann man wohl sagen. Ich bin ja gerade dazu gekommen, kurz bevor die Polizei eintraf und habe den verbrannten Körper von der Heike Kunz noch gesehen."

In den Augen von Silke Baum war plötzlich Neugierde und Interesse. Bär schien es, als ginge ein Ruck durch ihren Körper.

„Wirklich? Sie waren dort, als es passierte?"

„Wollte gerade zu 'ner Massage, ein Heidentrubel in dem Laden, das sage ich Ihnen. Vor allem, das kann ja jedem passieren. Ich lege mich auch gern mal auf die Sonnenbank und wie schnell bin ich dann eingepennt. Da hätte ich auch schon verbrennen können."

„Früher bin ich auch öfters auf die Sonnenbank gegangen", sagte Silke Baum zögernd. „Mittlerweile aber nicht mehr."

Bär schaute sie genau an, ging jedoch nicht darauf ein. Es war ihm noch zu früh für Nachfragen.

„Na ja, dann will ich mal weiter", sagte Bär. „Man sieht sich."

Er winkte Silke Baum zu. Sie sah ihn etwas enttäuscht an, offensichtlich hätte sie gern länger mit ihm geplaudert. Aber Rainer Bär hatte noch etwas anderes vor. Er winkte ihr noch zu, als er bereits an ihrem Haus vorbei war und sie ihm noch nachblickte. Dann ging sie wieder ins Haus. Rainer Bär lief mehrere Schleifen durch die Siedlung mit Einfamilienhäusern. Es war ein kühler Aprilabend, die Menschen waren in ihren Häusern, die Küchen waren erleuchtet, Fernseher flimmerten durch die zugezogenen Vorhänge. Die Dämmerung war bereits hereingebrochen und es wurde langsam dunkel. Bär näherte sich dem Haus von Andreas Finkel, das in einer Kurve der kleinen Straße lag, die durch dieses Wohnviertel führte. Das protzige Haus mit zwei Säulen am Eingang lag nicht direkt an der Straße, sondern ziemlich weit zurückgesetzt, weiter als auf den anderen Grundstücken. Vor dem Haus standen zwei Garagen und ein Carport, offensichtlich für seine ebenso protzigen Autos, sinnierte Rainer Bär. Hinter dem Haus von Andreas Finkel begannen die Felder. Ein schmaler Weg führte zwischen den Häusern zu diesen Feldern. Rainer Bär pfiff Kramer heran und legte ihn an die Leine. Er ließ in Sitz machen, kramte ein Leckerli aus der Tasche und hockte sich vor den Hund, so dass sie auf gleicher Höhe, Auge in Auge waren.

„Du musst jetzt sehr wachsam sein, Kramer", flüsterte Raine Bär mit erhobenem Zeigefinger. „Nicht bellen, keine Einzelaktionen, du hörst aufs Wort." Seine Stimme hatte bei diesen Worten einen sehr scharfen, wenn auch leisen Ton erhalten. Kramer spitzte die Ohren und schien sich etwas zu ducken. Dann ging Bär weiter. Kramer folgte ihm ganz dicht auf den Fersen. Er ging um das Haus von Andreas Finkel herum und näherte sich von hinten. Es war kein Licht, kein Auto stand in der Auffahrt. Als Rainer Bär auf dem schmalen Weg etwas vorangekommen war, konnte er sich hinter hohen Hecken verbergen. Hier blieb er eine Weile mit Kramer stehen und lauschte. Er war aufgeregt, denn er hatte etwas vor, was auch sehr gut ins Auge gehen konnte. Er wollte etwas ausprobieren. Den Schlüssel, vielleicht kam er mit diesem Schlüssel in das Haus. Aus der Ferne betrachtete er die kleine Eisentür, an der er den rostigen Schlüssel ausprobieren wollte. Er hoffte, dass es so etwas wie der Kellereingang war. Bär hatte eine kleine Taschenlampe in der Jackentasche. Jetzt im Dunkel der Nacht ging er ganz vorsichtig und langsam auf diese Tür zu, stets gefolgt von Kramer. Es war ruhig, als er die Tür erreichte und den Schlüssel in das Schloss schob. Er passte. Ganz vorsichtig öffnete er die Tür. Er bedeutete Kramer vor der Tür zu warten und zeigte gebieterisch mit dem Finger auf einen Punkt. Kramer setzte sich dort gehorsam hin und regte sich nicht mehr. Bär ging hinein und leuchtete mit der Taschenlampe den Raum aus. Er sah Kisten, stapelweise Kisten, die in dem – er schätzte – 10 m^2 großen Raum an den Wänden gestapelt waren. Aber er sah keine weitere Tür, die vielleicht ins Haus führte. Schnell musste er feststellen, dass er in einem separaten Raum gelandet war. Seine anfängliche Freude verflog sofort. Er wollte schon gehen, trat aber dann doch noch auf eine der Kisten zu und öffnete diese vorsichtig mit einem kleinen Messer. Was er zu sehen bekam, waren Medikamentenschachteln. Stanozol las er auf einer Schachtel. Er ging weiter und griff sich wahllos eine weitere Kiste, öffnete sie, Sibutramin. Diese Verpackungen sahen anders aus, als er sie in der Apotheke zu kaufen bekam. Er zog seine Digitalkamera aus der Tasche und machte schnell einige Fotos von dem Lager und den einzelnen Schachteln. Durch das Zischen und Summen der Kamera muss er die Geräusche vor dem Haus außer Acht gelassen haben. Kramer schaute zur Tür hinein und gab einen gedämpften Kläfflaut von sich. Bär schrak zusammen, hörte sofort das Motorengeräusch und war schon aus dem Raum raus, hatte abgeschlossen und war mit Kramer im

Gebüsch verschwunden, wo sie reglos ausharrten. Es erschien ihm im Moment zu gefährlich, den Rückweg anzutreten.

Kaum waren sie im Gebüsch verschwunden, kam Andreas Finkel durch den Garten gelaufen. Er schaute aufmerksam auf die Steinplatten und leuchtete mit einer Taschenlampe den Weg ab. Vor der kleinen eisernen Tür blieb er stehen und beleuchtete intensiv den Weg davor, er drückte die Klinke herunter. Abgeschlossen. In dem Moment klingelte sein Handy. Er griff in seine Jackentasche und nahm mit einem kurzen „Ja?" ab. Er hörte zu und schüttelte den Kopf. „Nein, du Penner, ich suche hier gerade. Hier ist nichts." Nach einer Pause hob er wieder an: „Wie konnte das passieren, Dieting? Das ist doch nicht möglich!?" Er schwieg wieder. „Na klar, wechseln wir das Schloss aus. Du machst das gleich morgen früh." Danach ging er fluchend ins Haus. Rainer Bär war um eine Verbindung, die er längst vermutet hatte, reicher. Es war ihm nun auch klar, was er als nächstes machen musste: sich im FitnessCenter *Men & women fitness* anmelden. Wird mir richtig gut tun, dachte er und strich über seinen Bauch. Verdammter Mist, wenn ich schon an die Schwitzerei denke. Einige Probestunden werden sicherlich drin sein, man soll es ja nicht gleich mit einem Jahresvertrag übertreiben.

VI

Er ließ nach dem Wochenende noch einige Tage verstreichen, bevor er sich auf den Weg ins Sportstudio machte. Der erste Nachteil bestand darin, dass es in Walden lag. Ob er sich nach Feierabend aufraffen konnte, dort regelmäßig hinzufahren? Bereits als er die Stufen zum Sportstudio erklomm, hatte er den Eindruck, in einer anderen Welt anzukommen. Raus aus der Hast des Tages, der Übellaunigkeit der Mitmenschen und der Geruchlosigkeit vieler Räume. Raus aus den anonymen Aufenthaltsorten und hinein in ein anderes Land aus Gewichten, Schweiß, Hitze, metallischem Klacken und surrenden Laufbändern, aus flimmernden Mattscheiben und rhythmisierender Musik. Wie erhofft, konnte Bär einige Probestunden zu einem günstigeren Tarif aushandeln. Er lief durch den oberen Fitnessraum zur Umkleidekabine. Die fahrradfahrenden Mädels warfen ihm ein freundlich-atemloses Hallo zu, während die hart an den Geräten arbeitenden Männer ihr Hallo unter den Gewichten hervorpressten. So als ob diese wildfremden Leute ihn kannten. Es war eine Gemeinschaft für sich und Bär fühlte sich irgendwie gleich wohl. Er ging an den Männerrücken vorbei, die sich über Hanteln beugten und diese, eine schwerer als die andere, stehend oder liegend emporzudrücken versuchten. Als sich einer dieser Rücken umdrehte, erkannte er Klaus Dieting. Na so ein schöner Zufall. Dieting grinste ihn an:

„Ich bin hier Trainer. Wenn du was wissen willst, ich kann dir alles sagen über Fettverbrennung, Konditions- und Muskelaufbau und Ernährung."

Bär stammelte ein überrashtes Danke und das er sich erst einmal umziehen wolle.

„O.K. Danach erstellen wir deinen Trainingsplan."

Auch das noch. Bär huschte in die Umkleidekabine, suchte sich einen Spint und verstaute seinen Körper in einem älteren Trainingsanzug. Dabei beobachtete er neugierig die fettlosen Kraftprotze, wie sie sich in ihre Achselshirts und Stretchhosen zwängten. Dieting, der Auskenner, Berater und Fachsimpler in Sachen Fitness und Gesundheit erwartete ihn bereits, als er in den Fitnessraum trat. Er grinste ihn wieder an:

„Na, ich denke mal, du willst ein paar Kilo loswerden."

Bär nickte nur und fand sich auf einem festgeschraubten Fahrrad wieder, auf dem er sich warmstrampeln sollte. Dieting schien sich nicht an ihr Zusammentreffen vor der Massagepraxis zu erinnern und erklärte ihm die verschiedenen Geräte, die für Bär „jetzt erstmal am Anfang" überhaupt in Frage kamen.

„Nicht zu viel für den Anfang."

Plötzlich stand Silke Baum vor ihm und sie blickten sich beide sehr überrascht an. Er spürte sofort ihre nervöse Anspannung. Sie lachte nach jedem dritten Wort schrill und ihre Augenlider hoben und senkten sich so schnell, dass man den Eindruck hatte, sie blinzelte fortwährend.

„Sie hier?"

Er zuckte etwas verlegen mit den Schultern und deutete auf seinen Bauch.

„Ich habe immer mal so Anfälle, da denke ich, ich sollte etwas für meine Figur und meine Gesundheit tun. Ob ich allerdings über die zehn freien Trainingsstunden hinauskomme, ist sehr fraglich."

Sein Blick glitt über ihren Körper, der in hautengen Leggins und einem weißen, ärmellosen T-Shirt steckte, das die braungebrannten Arme deutlich hervortreten ließ. Sie war sehr schmal, Größe 36, tippte Bär. Ihre kleinen tennisballgroßen Brüste traten deutlich hervor. Sie trainierte offenbar nicht auf Muskelaufbau, sondern eher auf Ausdauer. Ihr Haar hatte sie zu einem wippenden Zopf hochgebunden, so dass ihr etwas müdes, aber sorgfältig geschminktes Gesicht betont wurde. Bär schaute sie an und wartete auf eine Entgegnung, doch sie nickte nur und wandte sich gleich einem nächsten Gerät zu, bei dem sie sich auf den Bauch legen musste. Somit verschwand Bär aus ihrem Gesichtsfeld und er zog sich an die Fensterseite auf einen Ski-Trainer zurück. Er stellte seine Füße in die riesig großen Fußabdrücke, griff mit den Händen nach so einer Art Skistöcke und setzte durch seine Bewegungen das Gerät in Gang. Von hier aus beobachtete Bär, dass Silke Baum häufig zu Klaus Dieting blickte, ihn förmlich zu suchen schien. Der aber beachtete sie gar nicht, sondern unterhielt sich mit einigen Kraftprotzen und winkte sich dann ein junges Mädchen heran, das gerade auf einer Matte die Bauchmuskulatur straffte. Mit der verschwand er durch eine blaue Eisentür.

Gleichmäßig glitt Bär nun mit dem einen Bein nach vorn, mit dem anderen nach hinten. Er hatte das Studio von seinem Standpunkt aus gut im Überblick. Hin und wieder tupfte er sich mit seinem Handtuch den Schweiß von der Stirn. Er lief schon über eine halbe Stunde, als endlich Klaus Dieting wieder auftauchte, in Begleitung dieser jungen, hochgewachsenen Blondine, die vorhin auf Matte gelegen hatte. Dieting ließ seinen Blick durch das Studio gleiten. Er sah Bär, grüßte ihn freundlich und fragte nach, ob alles mit dem Trainingsplan in Ordnung sei. Bär beteuerte, dass er bestens klar käme. Er beobachtete auch, dass Klaus Dieting jetzt Silke Baum wahrnahm und sie grüßte, mit einer Art von Gruß, die keine Auskunft über ihren Bekanntheitsgrad gab. Die Blondine strich ihm über den Arm und lachte ihn glücklich an, bevor sie in die Damenumkleidekabine ging. Dieting nickte ihr nur ernst zu. Er war etwas distanziert, vermutlich wollte er keine Vertraulichkeiten in der Öffentlichkeit.

Bär registrierte, dass die beiden ganz offensichtlich aus dem Trainingsraum gekommen waren, in dem normalerweise Kurse stattfanden. Nur fand jetzt gar kein Kurs statt. Für heute war das Kursprogramm vorbei.

Bär fand, dass er sich jetzt genügend aufgewärmt hatte und sich auf seine Geräterunde, oder wie er es nannte, Folterrunde, begeben konnte. Er warf einen Blick auf seinen Trainingsplan und vermerkte nach jedem Gerät minutiös, wie viele Wiederholungen er geschafft hatte. Als Bär in die Nähe des Kursraumes kam, machte er einige Übungen mehr als geplant und verschwand nach einem prüfenden Blick im leeren Kursraum.

Er schloss hinter sich sehr vorsichtig die Tür und bemerkte, dass von innen ein Schlüssel steckte. Um nicht überrascht zu werden, verschloss er die Tür von innen. Sein Blick glitt durch den Raum, der ihm durch die Spiegelwand größer erschien als er es tatsächlich war. Mitten im Raum stand nur ein kleiner, lederbezogener Hocker. Unter dem Fenster standen einige Kisten mit dem notwendigen Zubehör für die Fitnesskurse: Matten, Bänder, kleine Fußbänke und Massagebälle. Der Vorhang war teilweise zugezogen, auf der Seite der Spiegel. Bärs Augen suchten die lange Spiegelwand ab, er entdeckte einen etwas größeren Spalt und ging auf diesen zu. Mit seinem Handtuch als Unterlage drückte er leicht gegen den Spiegel, dieser gab nach, es war eine Tür, die offenbar in einen kleinen Raum führte. Es war so dunkel, dass Bär gar nichts sehen konnte. Verdammt, ohne Taschenlampe kam er hier jetzt nicht weiter. Bär versuchte, die Tür soweit als möglich zu öffnen, damit er dank des

Tageslichtes etwas sehen konnte. Er sah übereinander gestapelte Kisten, auch wieder mit Sportgeräten angefüllt. Auf einem kleinen Schreibtisch stand ein alter Computermonitor. Daneben lag ein Laptop. Bär versuchte, den Bildschirm des Laptops aufzuklappen. Das gelang ihm auch, allerdings hätte er nun ein Passwort eingeben müssen. Aussichtslos. Er entdeckte auf dem Stuhl eine große Fototasche. Seine Augen suchten weiter. Ein kleines Regal stand an der Wand. Obenauf lag eine Kamera, eine ziemlich professionelle, wie der Hobbyfotograf Bär sofort erkannte. Eine Nikon, Spiegelreflex. An dem Regal lehnte ein Stativ. Sofort griff Bär nach der Kamera und schaltete sie ein. Das ging sehr schnell, denn er besaß selbst eine Nikon und wusste, wie diese Kameras funktionierten. Er schaute sich die letzten Aufnahmen an und war ziemlich überrascht, als er die Blondine wiedererkannte, allerdings nicht ihren feschen Sportklamotten, sondern ohne alles. Nackt. Auf dem Hocker, breitbeinig. Immer vor dem Spiegel, auf dem Parkett liegend, sitzend. Auf einigen Fotos sah man Dieting im Hintergrund als Fotograf, doch meist war der Winkel so gewählt, dass er nicht zu sehen war. In diesem Moment ging die Klinke der Tür zum Fitnessraum nach unten. Bär schrak zusammen, machte die Kamera schnell aus und legte sie wieder an ihren Platz. Hastig verließ er das kleine Kabuff und hörte, wie Dieting vor der Tür fluchte und nach dem Schlüssel rief. Bär eilte zur Tür und horchte. Laut schimpfend entfernte sich Dieting. Bär drehte langsam den Schlüssel herum und schlüpfte aus dem Raum. Sein Blick fiel sofort auf Silke Baum, die wenige Geräte weiter einige Gewichte in die Höhe stemmte und ihn anstarrte. Als sich ihre Blicke trafen, wandte sie sich jedoch sofort ab und tat, als ob sie ihn nicht gesehen hat. Dieting war auf die Theke zugegangen, jedoch unterwegs von einem gerade Hereinkommenden begrüßt und in ein kurzes Gespräch verwickelt worden. Bär überlegte noch, was er am besten tun sollte. Er hatte den Schlüssel fast instinktiv abgezogen und verschloss jetzt die Tür von außen. Das erschien ihm am Unauffälligsten. Er atmete erleichtert auf, da sich in der Hantelecke neben dem Kursraum ausnahmsweise kein Muskelprotz zu schaffen machte. Jetzt hatte er noch einen Schlüssel mehr. Er stellte sich vor die aufgereihten Gewichte und wollte einige Gewichte aufschieben, als plötzlich jemand hinter ihm sagte:

„Lass das mal. Du bist doch neu hier. Schaff dich erst mal an den Geräten, bevor du dich hier dran versuchst. Dafür kriegst du dann noch eine gesonderte Einführung."

Bär war zusammengezuckt und hatte sich schnell umgedreht. Entgeistert starrte er Dieting an. Der lachte.

„Hab dich wohl erschreckt, was? Also komm, das hier ist nichts für Anfänger."

Er ging auf die Tür zu und schloss sie auf und hinter sich wieder zu. Bär war noch immer verdutzt, ließ aber die Hanteln liegen und wandte sich einer Bank zu, auf der er seine Bauchmuskeln trainieren konnte. Den Schlüssel hielt er immer noch in der geballten Faust. Er griff etwas umständlich in seine Jackentasche und beförderte ein Taschentuch heraus, mit dem er sich ersteimal schnäuzte. Bei dieser Gelegenheit glitt der Schlüssel in die Tasche und Bär bemerkte mit einem nächsten Schrecken, dass er sein Handtuch im Kursraum vergessen haben musste, denn er hatte es nicht mehr um den Hals geschlungen. Scheiße, dachte er. Auch das noch. Ich bin wirklich zu blöd, zu blöd zum geradeaus gehen. Er beendete seine Übung und ging in die Umkleidekabine, um sich ein neues Handtuch aus seiner Sporttasche zu holen. Er hatte glücklicherweise mehrere mit und verabschiedete sich schon von dem vergessenen Handtuch, auch wenn es ihm Leid tat, dass er jetzt dieses Handtuch zugesetzt hatte. Wofür eigentlich? Was machte er hier eigentlich? Angestrengt dachte er nach, wo er das Handtuch liegengelassen hatte. Im Kabuff oder war es ihm sogar von der Schulter gerutscht? Nein, er hatte es noch zum Aufdrücken der Spiegeltür benutzt und danach vielleicht unachtsam über eine der vielen Kisten gelegt. Das schien Bär am plausibelsten zu sein. Er war so in Gedanken vertieft, dass er nicht bemerkte, wie jemand zu ihm herantrat.

„Was haben Sie denn in dem Kursraum gesucht?" - Silke Baum sprach sehr leise. Bär schreckte bei der Stimme, die plötzlich hinter ihm war, wieder zusammen. Er sah sich um und in das angespannte Gesicht von Silke Baum. Forschend, nachdenklich betrachtete er ihre unruhigen Augen.

„Ich hatte dort etwas vergessen", – stammelte er.

„Ihr Handtuch, nicht wahr?"

„Ja, genau. Woher wissen Sie das?"

„Ich hatte Sie im Blick."

Bär sah sie fragend an. Sie zwinkerte ihm vielsagend zu. Er wusste absolut nicht, was das jetzt zu bedeuten hatte.

„Hätten Sie Lust, mich nach Ihrem Training noch zum Essen einzuladen?"

Gleich zum Essen, dachte Bär, als ob es ein Bier oder ein Kaffee nicht auch getan hätten. Nicht dass er geizig war, aber sparsam war er schon. Und Silke Baum fand er nicht so umwerfend, dass er gleich den Wunsch gehabt hätte, mit ihr Essen zu gehen. Aber er war neugierig, noch viel neugieriger geworden und daher willigte er ein.

VII

Silke Baum nahm eine Stunde später, frisch geduscht und geföhnt, in Bärs Wagen Platz und dirigierte ihn zu einem kleinen chinesischen Restaurant. Chinesische Restaurants mochte er immer noch lieber als japanische, hier konnte er zumindest auf die Pekingente zurückgreifen. Trotz seiner asiatischen Gartenvorlieben waren ihm Sushi ein Grauen.

Bär war ein Langsamer, er hätte sich diese Situation mit Silke Baum nicht so schnell gewünscht, sondern mit einem ausreichenden Zeitintervall, um seine Vorgehensweise genauer zu durchdenken. Aber jetzt saßen sie hier in diesem kleinen chinesischen Restaurant, in dem man Silke Baum zu kennen schien und ihr gleich einen Tisch in einer kleinen, nicht einsehbaren Nische anbot.

„Ich war hier oft mit Heike", sagte sie und schaute Bär aufmerksam an.

„Mit Heike Kunz? Sie haben sich gekannt?"

„Ja, wir waren befreundet."

„Ah ja, das wusste ich nicht."

Die Bestellung war schnell getätigt. Bär musste nicht in die Speisekarte schauen, weil für ihn ohnehin nur Pekingente in Frage kam. Silke Baum warf einen Blick in die Karte und bestellte sich etwas Vegetarisches.

„Also, was haben Sie in dem Kursraum gesucht?"

Bär zögerte.

„Ich habe wirklich nichts gesucht. Mir war", er stockte.

„Ihnen war nur aufgefallen, dass Klaus Dieting und diese Blonde nicht zur Eingangstür hineingekommen sind, sondern aus dem Kursraum und da dachten Sie, schauen wir doch mal nach, was die dort so getrieben haben. Stimmts?"

„So ähnlich, ja, da haben Sie recht", musste Bär grinsen.

„Herr Bär, warum interessiert Sie das so sehr? Sie sind das erste Mal in diesem FitnessCenter und schon schnüffeln Sie dort herum, wo Sie nichts verloren haben." Bär hörte auf zu Grinsen und starrte Silke Baum an.

„Gehört Ihnen das FitnessCenter? Oder warum stellen Sie solche Fragen?"

„Nein, natürlich gehört es mir nicht, aber ich würde gern wissen, warum Sie so neugierig sind."

Das hatte sich Rainer Bär ja vor kurzer Zeit selbst gefragt. Der Tod dieser unbekannten Frau in seinem Dorf, dort, wo er schon sein ganzes Leben lebte, hatte offenbar etwas in ihm ausgelöst. Vielleicht weil er als Augenzeuge so nah dran war an diesem grausigen Ereignis, vielleicht auch, weil an einem ihm sehr vertrauten Ort etwas Schreckliches passiert ist, was er noch nicht erklären konnte.

„Der Tod von Heike Kunz, die ich nicht gekannt habe, hat mich schockiert." Er machte eine kurze Pause. „Wissen Sie, ich lege mich auch regelmäßig auf diese Sonnenbänke, aber noch nie habe ich gehört oder könnte ich mir vorstellen, dass man dort zu Tode kommt. Es sei denn, jemand hilft nach."

Silke Baum nickte. Dann schwiegen sie eine Weile, tranken etwas, sahen sich ins Restaurant. Silke Baum ergriff als erste wieder das Wort.

„Klaus Dieting kommt öfters mit sehr jungen und sehr hübschen Mädels aus dem Kursraum."

„Und was machen die dort?"

„Haben Sie das nicht gesehen?"

„Nein, habe ich nicht."

„Ach, jetzt tun Sie nicht so. Sie waren doch sicherlich in dem kleinen Kabuff und haben die Kamera und den Laptop entdeckt."

Bär zog es vor zu schweigen. Ihm war nicht klar, wo das hinführen sollte und schon gar nicht wollte er sich Silke Baum zur Mitwisserin machen.

Silke Baum schaute ihn an, sehr aufmerksam, wie ihm schien, so als prüfe sie, ob sie ihm trauen könne. Irgendwie schien diese Prüfung auch positiv ausgegangen zu sein.

„Wissen Sie was, Herr Bär, ich möchte Sie als Privatdetektiv engagieren."

Bär zuckte zusammen und schaute sie ungläubig an: „Als was? Als Privatdetektiv? Wissen Sie, ich arbeite im öffentlichen Dienst, ich schaue Bauanträge durch. Private Schnüffelei liegt mir fern."

„Obwohl Sie das aus irgendwelchen Gründen schon längst begonnen haben. Oder warum sind Sie am letzten Wochenende so ausgiebig in meiner Siedlung spazieren gegangen? Und warum haben Sie gerade das Grundstück von Andreas Finkel so genau in Augenschein genommen?"

Silke Baum schaute ihn durchdringend an. Rainer Bär schwieg erst, dann bemerkte er: „Ich glaube, Sie sind hier die bessere Privatdetektivin."

„Nein, das bin ich nicht, Herr Bär. Ich fühle mich bedroht, massiv bedroht. Seit dem Tod von Heike habe ich Angst. Angst, dass mir bald etwas zustößt." Ihre Stimme hatte einen zittrigen Unterton bekommen bei ihren ersten Worten. Die letzten Worte schluchzte sie: „Mir ist so etwas

Ähnliches passiert wie Heike. Ich habe Angst." Rainer Bär betrachtete sie aufmerksam. In was schlitterte er hier gerade hinein?

„Jetzt erzählen Sie mir mal der Reihe nach", sprach Bär beruhigend auf Silke Baum ein, die ihn dankbar ansah. Mühsam versuchte sie, ihre Stimme zu beruhigen.

„Versprechen Sie mir, dass Sie mir helfen werden?"

„Ich verspreche Ihnen, dass ich versuchen werde, Ihnen zu helfen. Ob ich Ihnen wirklich helfen kann, das weiß ich nicht." Bär fühlte sich nicht wohl in seiner Haut. Die Tränen, dann ein Versprechen. Das war zu viel, zu viel Emotion. Jedenfalls für ihn.

„Also", hob Silke Baum an. „Ich kenne Heike seit zwei Jahren, seitdem sie hier mit Andreas Finkel lebt. Wir sind im Laufe der Zeit so etwas wie Freundinnen geworden. Aus der Not heraus. Mein Mann hatte mich verlassen. Heike war oft allein, weil ihr Lebensgefährte immer viel unterwegs war. Sie gab mir den Rat, Sport zu treiben, mich auszupowern, dann würde ich auch den ganzen Stress und Schmerz mit meinem Mann vergessen. Sie hatte recht, wirklich, sie hat mir sehr geholfen. Früher habe ich nie so viel Sport getrieben und war auch nie im Sonnenstudio. Heike legte viel Wert auf diese Dinge. Topfigur, braungebrannt, schicke Klamotten. Auch wenn sie zu Hause war, war sie immer total schick angezogen. Anfangs dachte ich, sie hat nur diese Schickimicki-Dinge im Kopf. Aber vor ungefähr einem Jahr hat sie mir erzählt, dass in unserem FitnessCenter illegal Medikamente vertrieben werden. Ich weiß nicht, wie das Zeug heißt, ich weiß nur, dass es für die Männer zum Muskelaufbau ist und für junge Mädchen als Appetitzügler. Heike hat sich darüber aufgeregt. Sie sagte, die Mädchen werden abhängig gemacht. Sie würden dann an Magersucht leiden und Schulden bekommen, weil sie diese Tabletten ständig brauchen. Vor vielleicht drei Monaten hat sie mir dann erzählt, dass sie herausbekommen hat, wie Klaus Dieting Fotos und Filme von den Mädchen macht, wenn sie kein Geld mehr haben, um die Tabletten zu kaufen. Er verkauft dann die Filme im Internet oder stellt sie ins Netz. Natürlich nackt oder in den entsprechenden Posen. Ein Mädchen hat einen Selbstmordversuch unternommen, als sie die Nacktfotos im Netz entdeckt hat, ich glaube auf der Facebookseite eines Freundes. Heike hat das mitgenommen, war zumindest mein Eindruck. Sie kannte das Mädchen nicht weiter, wusste aber von den Tabletten und den Fotos. Andreas wollte von dem ganzen nichts wissen. Er ist zwar der Boss dieser Sportstudios, aber nur ganz selten vor Ort. Der Chef ist Dieting."

„Warum haben Sie Angst, dass Ihnen etwas passieren könnte?"

„Ich weiß nicht, ob der Dieting weiß, dass ich durch Heike von seinen Geschäften erfahren habe. Ich vermute aber mal, die ahnen irgendetwas. Vor drei Monaten lag ich auch auf der Sonnenbank und die Zeit war manipuliert worden. Ich habe das glücklicherweise noch rechtzeitig mitbekommen und habe nur leichte Verbrennungen davon getragen. Ein etwas stärkerer Sonnenbrand. In der Zwischenzeit ist jemand in mein Haus eingebrochen und hat alles durchsucht. Ich weiß nicht, was die dort gesucht haben."

„Wurde etwas gestohlen?"

„Ein bisschen Geld. Aber deswegen geht man nicht so ein Risiko ein."

„Haben Sie das der Polizei gemeldet?"

„Nein, nur den Einbruch habe ich gemeldet. Deswegen brauche ich auch Ihre Hilfe, aber nicht die Polizei."

„Ob Sie da an der richtigen Stelle sind?"

„Herr Bär. Seit Heikes Tod, der ist jetzt eine Woche her, geht die Polizei immer noch von einem Unfall aus. Dabei war das Mord. Da bin ich mir ganz sicher. Ich weiß nicht, wie oder wer oder warum, aber das war kein Unfall. Sie denken das ja im Endeffekt auch."

„Denken Sie, der Dieting hat Heike Kunz umgebracht?"

„Ich weiß es nicht, wirklich nicht. Bringt man jemanden um für diese Filme und den Medikamentenhandel? Noch dazu die Freundin vom Chef? Ich kann es mir nicht richtig vorstellen. Vielleicht geht es noch um etwas ganz anderes."

„Hatte Heike Kunz vor, mit den Informationen, die sie hatte, zur Polizei zu gehen?"

„Nein, auf gar keinen Fall."

Rainer Bär schaute nachdenklich auf die leicht zitternden Hände von Silke Baum. So, wie sie die Dinge erzählt hatte, glaubte er ihr. Sie hatte wirklich Angst.

„Vielleicht nehmen Sie ein paar Tage Urlaub und fliegen auf irgendeine Insel. Dann sind Sie weit weg."

„Daran habe ich auch schon gedacht. Aber ich fühle mich nicht sicher in anderen Ländern. Ich habe schon überlegt, ob ich hier vor Ort für ein paar Tage in ein Hotel ziehe. Zu weit will ich auch nicht weg sein. Verstehen Sie?"

Rainer Bär verstand. „Was soll ich jetzt für sie tun, Frau Baum?" Bär war ratlos.

„Ich dachte, Sie können weitere Nachforschungen anstellen und herausbekommen, was es mit dem Tod von Heike auf sich hat. Und natürlich mich beschützen."

„Die Idee mit dem Hotel finde ich sehr gut. Ich denke, Sie sind dort in Sicherheit. Am besten Sie geben nur mir Ihre Adresse. Legen Sie sich auch eine neue Handynummer zu. Ihr altes Handy können Sie ja mir geben, falls Anrufe eintreffen, kann ich mich darum kümmern."

„In Ordnung. Das machen wir so." Sie schien tatsächlich erleichtert zu sein.

Sie aßen und plauderten noch über dies und das, aber ihr Gespräch war immer von längeren Pausen unterbrochen.

Als er nach Hause fuhr, schüttelte er skeptisch den Kopf. Hatte sie ihm wirklich alles gesagt? Einen richtigen Grund, warum sie sich bedroht fühlte, hatte er nicht erfahren. Ein Honorar hatte er auch nicht ausgehandelt. Er war so sehr in Gedanken, dass er zuerst gar nicht den Wagen bemerkte, hinter dem er schon eine ganze Weile her fuhr. Ihm war auch nicht gleich aufgefallen, was an diesem Wagen merkwürdig war. Er sah sich die Rücklichter genauer an und dann fiel ihm auf, dass die Beleuchtung des Nummern-schilds ausgefallen war. Er konnte das Autokennzeichen nicht lesen. Ein guter Trick, fand Bär, um unerkannt durch die Nacht zu kommen. Er schaute sich den Wagen genauer an. Es war ein Alpha Romeo.

VIII

Bär wollte dem Alpha folgen. Unauffällig, natürlich. Er fuhr erst mal rechts ran, um kurze Zeit später mit Vollgas dem anderen nachzujagen. Bis nach Moosbach war es nicht mehr weit. Im Dorf angekommen bog der Wagen von Klaus Dieting gleich rechts ab in die Siedlung, wo Andreas Finkel und Silke Baum wohnten. Rainer Bär ließ sich zurückfallen.

Vor dem Haus von Andreas Finkel hielt Dieting an und stieg aus seinem Wagen. An der Statur erkannte Bär, dass er es auch war. Dieting ging auf einen Lieferwagen zu, der vor der Garageneinfahrt stand. In dem Moment ließ jemand das Fenster herunter und schien Dieting zu begrüßen. Dieser deutete auf das Grundstück von Andreas Finkel, der andere ließ den Motor an und rangierte den Kleintransporter vorsichtig neben die Hauswand. Bär konnte sehen, dass der andere Mann jetzt ausstieg. Er war klein und hatte einen dicken Bauch. Er öffnete die Seitentür des Lieferwagens und folgte danach Dieting auf die Rückseite des Hauses. Nun sah Bär wie sie ganz offensichtlich die Kisten aus dem Raum, in dem er gestern war, in den Lieferwagen räumten. Das konnte ja dauern, dachte Bär, so viele Kisten, wie dort lagerten. Tatsächlich liefen die beiden Männer auch fast zwei Stunden hin und her, ohne Pause, leise und zügig, stapelten sie möglichst viele Kisten in den Lieferwagen. Einige Kisten verstaute Dieting in seinem Wagen. Mit einem Handschlag trennten sich beide. Dieting fuhr weiter in die Siedlung hinein, wo er mit Helga Vetter wohnte und der Kleintransporter bog in Richtung Hauptstraße ab. Bär folgte ihm noch ein Stück, doch als er sicher war, dass der andere auf die Autobahn wollte, stellte er seine Verfolgung ein, wendete im nächsten Dorf und wollte nach Hause fahren. Er war in eine Seitenstraße des Nachbardorfes gefahren, um den Wagen unkompliziert zu wenden, als mit hohem Tempo der Geländewagen von Andreas Finkel vorbeischoss. Bär fuhr zügig hinter ihm her, hatte ihn jedoch bald aus den Augen verloren. Bär wollte sehen, ob Finkel nach Hause gefahren war und fuhr ein zweites Mal an diesem Abend in die Siedlung bis zu dessen Haus. Der der Wagen stand nicht auf der kleinen Parkfläche vor dem Haus, sondern einige Meter weiter am Straßenrand. Komisch, fand Bär. Jetzt wollte er aber nach Hause fahren. Er fuhr am Haus von Silke Baum vorbei. Dort brannte Licht im oberen Stockwerk. Ist sie vielleicht doch nach Hause gefahren? Bär überlegte, ob er nachschauen sollte. Er parkte sein Auto einige Häuser weiter und schlenderte in Richtung Feld. Jetzt hätte er Kramer dabei haben sollen, das wäre weniger auffällig gewesen. Er näherte sich dem Haus von Silke Baum von den Feldern her. Einen schönen Ausblick hatte sie hier, dachte er. Er bog die kleine, sicherlich erst im letzten Frühjahr angepflanzte Hecke auseinander und näherte sich dem Haus im Schutz der Kirschbäume. Als er näher kam, stockte ihm der Atem. Im Haus machte sich Andreas Finkel zu schaffen. Er war ein groß gewachsener, drahtiger Mann, Ende Fünfzig, aber das sah man ihm nicht an. Sein kurzes, dunkelbraunes Haar lag exakt und gut geschnitten. Er strahlte eine Ruhe aus, eine Gelassenheit, für Bär war das Kaltblütigkeit, denn so ruhig konnte man doch nicht sein, wenn man eine fremde Wohnung durchsuchte. Er durchschritt das Wohnzimmer, mitunter hielt er inne und schien zu überlegen, wo er als nächstes suchen könnte. Dann öffnete er Schränke, hob Teppiche, durchblätterte Zeitungsstapel. Nach einer Weile verließ er das Wohnzimmer und ging in das obere Stockwerk. Bär konnte ihn nicht mehr sehen. Nach einer ganzen Weile schlich er zu seinem Auto zurück und fuhr nach Hause.

IX

Als Rainer Bär am Sonntagnachmittag noch eine kleine Runde mit Kramer drehen wollte, stand Heinz Ritter unangemeldet vor der Tür.

„Grüß Dich, Rainer", sprudelte der Freund hervor, „ich wollte ein kleines Schwätzchen halten."

„Na, dann komm doch mit." Rainer Bär war insgeheim froh, dass Heinz auftauchte, denn er ist in den letzten Tagen nicht mehr weitergekommen. Sie liefen schnell aus dem Dorf hinaus und in die Felder hinein. Kramer suchte die Wegesränder ab, markierte seine Gebiete und die beiden Männer sprachen erst über belanglose Dinge, bevor sie zum Eigentlichen kamen.

„Weißt Du, mit wem ich vor ein paar Tagen essen war", begann Bär.

„Nein, vielleicht mit Deiner Frau?"

„Du hast Recht, das wäre auch mal wieder fällig. Nein, mit Silke Baum."

„Sag bloß, das geht ja zur Sache bei Dir."

„Nicht so, wie du denkst. Nein...", und Bär erzählte seine Entdeckungen der letzten Tage.

„Du weißt, Rainer, eigentlich muss ich dich anzeigen, wegen Einbruchs."

„Was heißt denn hier Einbruch. Ich hatte immerhin einen Schlüssel, vergiss das nicht."

„Erzähle bitte niemandem von dieser Aktion. Hast du der Baum etwas erzählt?"

„Nein, natürlich nicht. Ich weiß ja nicht mal, ob man der trauen kann."

„Da hast du Recht."

Die beiden schwiegen und stapften nebeneinander her.

„Bist du schon mal auf die Idee gekommen, dass die Silke Baum etwas mit dem Finkel haben könnte?"

Bär schaute ihn entgeistert an. „Was? Nein, das kann ich nicht glauben."

Ritter kramte in seiner Jacke und zog ein Stück Zeitung heraus. „Sieh mal, die beiden kennen sich. Das ist ein Foto vom letzten Sommer, als der Dirk Finkel Schützenkönig geworden ist. Zum Fest war Andreas Finkel mit Silke Baum da. Du siehst: hier sitzen sie nebeneinander, dort tanzen sie gemeinsam, hier stehen sie auch nebeneinander und unterhalten sich mit dem Bürgermeister." Bär betrachtete die Fotos des lokalen Werbeblättchens, das gern einseitige Fotostrecken von größeren Festivitäten brachte. Zum ersten Mal fand er das eine richtig gute Sache.

„Aber das sagt doch noch gar nichts", Bär wurde leicht schwindlig. „Diese Fotos sagen doch nichts darüber aus, ob die beiden ein Verhältnis hatten."

„Da hast du Recht. Aber sie sagen: die beiden haben sich offensichtlich gut gekannt. So gut, dass die beste Freundin von Heike Kunz mit ihrem Mann zu einem Fest geht. Denn sie ist hier nicht zu sehen."

„Irgendetwas ist da faul", murmelte Bär.

„Was hatte denn der Finkel für Medikamentenvorräte in seinem Haus?"

Rainer Bär holte seine Digitalkamera heraus. „Hier schau". Die beiden Männer blieben stehen und Bär blätterte die Fotos durch. „Ich denke es sind hauptsächlich leistungssteigernde Mittel, Tranquilizer und Antidepressiva."

„Wir bräuchten einen Anfangsverdacht, damit wir bei ihm eine Hausdurchsuchung veranlassen können."

„Ich glaube, da ist jetzt nichts mehr."

„Warum glaubst du das?"

„Ich bin gestern durch Zufall dem Dieting gefolgt und habe gesehen, wie er diese Kisten aus Finkels Haus in einen Lieferwagen verlud. Mitten in der Nacht, das war schon etwas merkwürdig."

„Du hast nicht gesehen, wohin er damit gefahren ist?"

„Nein. Er ist auch nicht damit weggefahren, sondern ein anderer Mann, den ich nicht kannte und in der Dunkelheit auch nicht erkennen konnte."

Ritter schwieg eine ganze Weile. So, als ob er sich über etwas klarwerden musste.

„Wir gehen mittlerweile von einem Tötungsdelikt aus", hob er langsam an. „Früher oder später wirst du es ohnehin erfahren, denn wir müssen alle Personen noch mal vernehmen, die an diesem Tag in der Massagepraxis waren." Ritter machte eine längere Pause.

„Es geht um die Zeit zwischen 16 und 17 Uhr an jenem Dienstag. Wann bist du in der Massagepraxis eingetroffen?"

Bär überlegte eine Weile, wie spät es wohl gewesen sein könnte. „Ich denke mal, so gegen 16.40 bis 16.45 Uhr. Meine Massage sollte um 17 Uhr beginnen und ich bin immer gern etwas früher da."

„Jemand hat Heike Kunz ein Medikament gegeben, dass sie in Kombination mit der Wärme sehr schnell hat einschlafen lassen. Das wurde in der Obduktion nachgewiesen. Jemand muss die Zeit nach oben reguliert und das Warnsystem abgeschaltet haben. Das muss so gegen 16 Uhr passiert sein. Der Dieting war doch auch in Praxis, oder?"

„Ja. Klaus Dieting ist unmittelbar vor mir in der Praxis eingetroffen. Sein Auto war mir aufgefallen, weil das so ein Zuhälterschlitten ist. Der war noch ganz warm."

„Der hat auch ein Alibi für die Zeit, denn er war bis nach 16 Uhr im Fitnesscenter, das können zahlreiche Personen bestätigen. Er gibt allerdings auch Andreas Finkel ein Alibi. Der sei noch im Fitnesscenter gewesen, als Dieting schon losfuhr. Nur bestätigt das niemand. Ein Nachbar sagte aus, dass Finkels Auto vor 16 Uhr vor seinem Haus stand. Das von Heike Kunz steht meist in der Garage, daher konnte man das nicht sehen."

Als die beiden Freunde wieder zurückkamen, winkte ihnen Tenna, Bärs Frau, zu.

„Komm doch mit rein, Heinz, es gibt Kaffee und Kuchen."

Heinz Ritter nickte freudig und kurze Zeit später saßen alle im Wohnzimmer der Bärs.

„Wisst ihr, ich habe etwas gefunden", fing Tenna an. „Und zwar habe ich mal das Zeitungsarchiv unseres Lokalblattes durchgesehen. Das ist ja im Internet frei zugänglich, daher war es gar nicht so schwer. Und ich habe etwas gefunden."

Sie blickte die Männer triumphierend an.

„Ja, das schaut ihr, was?" Sie breitete einige Seiten vor ihnen aus.

„Hier: vor zwei Jahren ist in einem FitnessCenter von Andreas Finkel in Hannover ein junger Mann verunglückt und zwar sind diesem Zweiundzwanzigjährigen Gewichte von einem Sportgerät auf den Kopf gefallen. Fragt mich nicht, wie das möglich ist, ich war noch nie in einem Fitnesscenter. Er wurde nicht sofort versorgt und liegt seitdem im Wachkoma. Erschwerend kam hinzu, dass er leistungssteigernde Medikamente eingenommen hatte, die Ärzte das aber nicht gleich erkannten und er fast verblutet wäre. Jedenfalls konnte ihm nicht gleich richtig geholfen werden.

Die Mutter hat das FitnessCenter verklagt, weil sie der Meinung ist, die Geräte waren nicht korrekt gewartet und man hat ihn nicht korrekt notversorgt. Aber dem FitnessCenter konnte nichts nachgewiesen werden."

Heinz Ritter zog sich die Blätter interessiert heran und las den Artikel genauer.

„Dem gehe ich nach", sagte er ernst. „Das könnte eine Spur sein, sehr interessant. Danke, Tenna."

Rainer Bär fragte Heinz Ritter, ob ein Name dabei stünde.

„Silvio M.", antwortete er. „Kannst du den kompletten Namen herauskriegen?"

„Das wird sich machen lassen."

X

Rainer Bär konnte es gar nicht erwarten, dass Heinz Ritter wieder aufbrach. Manchmal hat der aber auch Sitzefleisch. Kaum war er weg, machte er sich auf den Weg zu Silke Baum, nach Walden in das Hotel, wo sie sich versteckt hielt. Er wollte jetzt Gewissheit haben.

An der Rezeption des kleinen Hotels sagte ihm der Portier, er müsse bei Frau Baum erst telefonisch anfragen. Darum hatte sie ausführlich gebeten, keinen ungebetenen Besuch. Als Rainer Bär an ihre Zimmertür klopfte, öffnete sie erst einen Spalt weit die Tür, entsicherte dann die Kette und ließ ihn eintreten. Bär war geschockt über die Veränderungen in ihrem Gesicht. Sie sah grau aus, mit Augen in tiefen Höhlen und strohigem Haar. Und das nur wenige Tage, nachdem er mit ihr essen war.

„Ist irgendetwas passiert?", wollte Bär wissen und schaute sie prüfend an. Sie ließ sich erschöpft auf einen Stuhl fallen. Sie nickte. „Ja, ich habe seit vorgestern Abend bestimmt fünfzig anonyme SMS erhalten, alle mit Drohungen. ‚Ich kriege dich, du Schlampe.' Das war noch die freundlichste."

Sie schluchzte leise auf. „Ich kann nicht mehr, Herr Bär, ich weiß nicht mehr, was ich tun soll." Rainer Bär trat einen Schritt auf sie zu. „Kann ich die Mitteilungen mal sehen?" Sie reichte ihm ihr Handy. Es waren in erster Linie Morddrohungen, in einer miserablen Rechtschreibung. Er setzte sich ihr gegenüber auf einen zweiten Stuhl an den kleinen Tisch in dem quadratischen Hotelzimmer.

„Sie hatten ganz Recht, Frau Baum. Es war Mord. Ein heimtückischer Mord an Heike Kunz."

„Hat die Polizei das jetzt ermittelt?"

Er nickte. „Wie gut kennen Sie Andreas Finkel?" Bei dieser Frage schaute sie ihn erschrocken an. Ausweichend entgegnete sie: „Darüber spreche ich nicht wirklich gern."

„Sie müssen aber, Frau Baum. Ich lasse mich ungern verarschen." Bärs Tonfall war aggressiv geworden. Er holte die Fotos vom letzten Schützenfest hervor. Silke Baum lief rot an.

„Ganz offensichtlich waren sie mit Andreas Finkel auf dem Schützenfest? Warum war er nicht mit seiner Lebensgefährtin dort?"

„Heike war verreist an diesem Wochenende", sie zögerte, schluckte mehrmals. „Ich", stotterte sie, „hatte eine Affäre mit Andreas Finkel", langsam und leise sagte sie diese Worte.

„Wie lange schon?"

„Ein paar Monate. Das Schützenfest war am Anfang der Beziehung gewesen."

„Aha. Also vor einem dreiviertel Jahr. Ist die Affäre vorbei?"

Silke Baum bewegte ihren Oberkörper hin und her, so als ob sie raus wollte aus ihrer Haut. „Ja, jetzt ist sie vorbei, seit Heikes Tod ist sie vorbei. Herr Bär. Ich will Ihnen ja alles erzählen, aber es ist nicht einfach. Diese Sache mit Andreas Finkel gehört nicht zu den schönsten Kapiteln meines Lebens. Ich weiß im Endeffekt auch nicht, warum ich mich mit ihm eingelassen habe. Vielleicht weil er so groß ist, irgendwie gut aussieht und immer tolle Autos fährt. Wenn ich mit ihm zusammen war, dann habe ich mich nie sehr wohl gefühlt. Verstehen Sie, so gar nicht bei mir, irgendwie fremd in meinem eigenen Haus." Sie sah ihn fragend an.

„Frau Baum", hob Bär an. „Sie müssen zur Aufklärung eines Verbrechens beitragen. Heike Kunz ist ermordet worden."

„Ja, das will ich ja", flüsterte sie.

„Wie war das bei Ihnen an dem Tag, an dem Sie sich leichte Verbrennungen auf der Sonnenbank zugezogen haben. Erinnern Sie sich bitte ganz genau."

„Also", hob sie langsam an, „ich war an diesem Mittwoch nachmittag mit Andreas Finkel zusammen. Heike war bei ihrem Bruder, wie so oft. Andreas kam gegen fünf. Ich war sehr überrascht gewesen, dass er überhaupt kam, denn wir hatten uns einige Tage zuvor gestritten. Richtig heftig und ich dachte, jetzt ist es aus", sie holte tief Luft, bevor sie fortfuhr. „Mittwoch nachmittag gehe ich immer in die Massagepraxis zum Bräunen. Das wusste er auch, deshalb wunderte es mich, dass er überhaupt vorbeikam. Er sagte, er wolle sich mit mir versöhnen und hatte eine Flasche Sekt dabei. Die wollte er aber noch nicht gleich trinken, sondern erst nach dem... na, Sie wissen schon. Er kam schnell zur Sache. Danach stießen wir an und er sagte, er würde mich jetzt in die Massagepraxis fahren. Ich habe noch gesagt, dass ich das auch mal ausfallen lassen kann. Aber er bestand darauf. Und da unsere Treffen oft irgendwie immer ziemlich hektisch verliefen, machte ich mir auch keine weiteren Gedanken. Auch als ich auf der Sonnenbank eingepennt war, kamen mir noch keine Zweifel. Obwohl ich wirklich sehr erschrocken war, als ich plötzlich spürte, wie meine Haut brannte. Das können Sie mir glauben. Ich habe die ganze Praxis zusammengeschrien."

„Wie war das denn genau?" fragte Bär nach.

„Wie war das genau", wiederholte Silke Baum. „Es war wie immer. Ich habe mich ausgezogen, dann die Zeit eingestellt, zehn Minuten, und mich in die Bank gelegt. Dann bin ich plötzlich eingeschlafen. Ich habe das gar nicht gemerkt. Irgendwie muss ich hochgeschreckt sein und da habe ich auch schon gespürt, dass ich mich verbrannt hatte. Als ich auf die Anzeige blickte, waren dort noch dreißig Minuten angezeigt, ich konnte es nicht glauben. Ich war auch so benommen im Kopf. Helga kam gleich angelaufen, als ich schrie, dass ich mich verbrannt hätte. Ich dachte dann, es kam durch den Sekt. Ich blieb noch eine ganze Weile bei Helga. Sie cremte mir die Haut ein, es war ein mittlerer Sonnenbrand und ich schlief auch noch etwas in ihrem Hinterzimmer. Ich war plötzlich so von der Rolle. Zu Hause kam die große Überraschung. Jemand war in mein Haus eingebrochen und hatte etwas gesucht. Aber was, das weiß ich bis heute nicht. Ich wollte mit Andreas reden, aber nach diesem Nachmittag auf der Sonnenbank war sein Handy tagelang abgestellt. Ich konnte ihn einfach nicht erreichen. Ich bin sogar einmal zu seinem Haus gegangen, auf die Gefahr hin, dass Heike da war und es komisch findet, dass ich komme und mit Andreas reden will. Aber es war niemand da, glücklicherweise. Ich war nur noch im FitnessCenter, weil ich hoffte, ihn dort zu treffen. Vor allem wollte ich meinen meinen Haustürschlüssel wieder haben. Irgendwie war es kein gutes Gefühl zu wissen, dass er einen Schlüssel hatte."

„Also haben Sie seit diesem Mittwochnachmittag vor drei Wochen keinen Kontakt mehr mit Andreas Finkel gehabt?" fragte Bär nach.

„Nein, obwohl ich ihn gesucht habe."

Sie schwiegen beide und Bär dachte angestrengt nach.

„War die Tür bei dem Einbruch beschädigt gewesen?"

„Nein, der Einbrecher war von hinten gekommen, über die Terrasse und hatte dort eine Glastür eingetreten."

„Nun, Andreas Finkel konnte es ja nicht sein, denn er hatte ja einen Haustürschlüssel."

„Ja, da haben Sie recht." Silke Baum nickte.

„Er war gestern in ihrem Haus und hat ganz offensichtlich auch etwas gesucht."

Silke Baum sah Rainer Bär erschrocken an. „Dieses Schwein! Was macht der in meiner Wohnung?"

„Das frage ich mich auch. Er suchte irgendetwas. Er schaute in alle Schränke, suchte das Bücherregal durch." Bär stand auf und ging hin und her. „Sie haben keine Idee?" Silke Baum schüttelte den Kopf und sah ihn ratlos an. Er fuhr fort: „Sie haben vorhin gesagt, Sie hätten sich mit Andreas Finkel gestritten. Worum ging es da?" Silke Baum sah ihn erstaunt an.

„Hm, das war eine dumme Sache. Ich hatte nur so im Spaß gesagt, dass doch das ganze FitnessCenter weiß, das dort alle möglichen Pillen vertickt werden. Er ist total wütend geworden, hat herumgeschrien, dass es in seinen

Fitnesscentern so etwas nicht gäbe. Seine Reaktion war richtig heftig. Er ist dann auch sofort gegangen, hat sich angezogen und war weg, ohne ein Wort. Ich fand mich noch toll, dass ich ihn so indirekt auf die Machenschaften von Klaus Dieting hingewiesen hatte. Erst als Heike tot war, kamen mir Zweifel und dann die Angst." Sie hatte sich etwas gefasst, ihre Stimme war ruhiger geworden.

„Haben Sie mit Andreas Finkel noch mal darüber gesprochen?"

„Ja, also an dem Nachmittag, als er mit der Flasche Sekt kam, hat er mich gefragt, von wem ich das wüsste. Ich habe gesagt, von Heike und dass sie es nicht gut findet, dass schon so junge Mädchen von diesen Schlankheitspillen abhängig sind. Er hatte genickt und gesagt, er müsse sich darum kümmern. Das sei schlimm. Heike habe auch schon mit ihm gesprochen. Er entschuldigte sich, dass er bei unserem letzten Treffen so heftig reagiert habe."

„Was haben Sie ihm noch erzählt?" Silke Baum dachte nach.

„Ich habe ihm erzählt, dass Heike jede Woche zweimal nach Hannover fährt, um dort ihren Bruder zu besuchen, der im Koma liegt." Rainer Bär horchte auf. Silke Baum bemerkte diese Aufmerksamkeit. „Andreas Finkel war auch sehr überrascht. Er hatte offenbar nicht gewusst, dass Heike einen Bruder hat. Er dachte, dass sie nach Hannover fährt, weil sie dort einen Job hat."

„Hat Ihnen Heike Kunz das erzählt?"

„Nein, das kam eher zwangsläufig. Vor knapp vier Wochen war ihr Auto in der Reparatur und sie wollte nach Hannover. Da hat sie mich gefragt, ob sie mein Auto haben könnte. Da ich ohnehin frei hatte und mir die Decke auf den Kopf fiel, habe ich ihr angeboten, sie nach Hannover zu fahren. Erst wollte sie nicht, aber dann hat sie eingewilligt. Dort wollte sie in ein Krankenhaus und so habe ich erfahren, dass dort ihr Bruder lag."

„Kennen Sie zufällig den Namen von Heikes Bruder?"

„Ja, Silvio Meska, habe ich am Krankenzimmer gelesen. Muss ihr Mädchenname gewesen sein. Echt krass so ein Mensch, der im Koma liegt."

Rainer Bär atmete tief ein. Silvio M., das könnte passen. „Frau Baum", sagte er ganz ruhig. „Ich glaube, Frau Kunz war auf einem Rachefeldzug unterwegs, einem ganz persönlichen Rachefeldzug. Ich muss jetzt die Polizei rufen. Mit Ihren Aussagen haben wir ganz offensichtlich den Täter überführt." Silke Baum schaute ihn verständnislos an.

XI

Rainer Bär rief Heinz Ritter an und schilderte ihm seine neuesten Erkenntnisse. Silke Baum saß völlig niedergeschmettert auf ihrem Stuhl. Bär ahnte, dass sie sich jetzt schuldig fühlte an dem Tod der Freundin.

Heinz Ritter war sehr guter Laune am Telefon, denn auch er hatte noch einiges herausgefunden. Kurze Zeit später waren Rainer Bär und Silke Baum auf der Polizeistation von Walden. Sie saßen Heinz Ritter gegenüber, der ihnen verkündete, dass gerade eine Fahndung nach Andreas Finkel laufe. Klaus Dieting war bereits wegen unerlaubten Medikamentenhandels festgenommen worden. Silke Baum berichtete noch einmal, was sie Rainer Bär bereits erzählt hatte, nur sehr viel nüchterner und kürzer. Ritter riet ihr, noch einige Tage in dem Hotel zu bleiben, bis sie Andreas Finkel geschnappt hatten.

Den Abend verbrachten Heinz Ritter und Rainer Bär auf der Bank in Bärs japanischem Garten. Unter einem roten Spitzahorn lag Kramer und genoss die ersten Sonnenstrahlen des Frühlings und die letzten des Tages.

Elke Richter hatte Andreas Finkel an jenem Dienstagnachmittag, als sie auf ihre Massage wartete, aus dem Fenster beobachtet, wie er Heike Kunz in die Massagepraxis brachte und kurze Zeit später noch einmal hineinging, zur Tatzeit. Sie kannte Andreas Finkel nicht, daher hatte sie bei der ersten Vernehmung diese Beobachtung nicht erwähnt.

Die größte Überraschung war, dass ihnen mit Andreas Finkel ein richtig großer Fisch ins Netz gegangen ist. Heinz Ritter strahlte über das ganze Gesicht. „Dank Dir, Rainer, und deiner halblegalen Beobachtungen."

„Wie das?" fragte Rainer Bär erstaunt.

„Als wir den Dieting verhaftet haben und er zuerst unter Mordverdacht stand, hat er ziemlich schnell ausgepackt, wer die Medikamente weggebracht hat. Über diesen Fund haben wir herausgefunden, dass Finkel der Kopf einer Bande ist, die Arzneimitteldepots von Pharmafirmen überfällt und ausraubt. Heike Kunz war dahinter gekommen und sie hat heimlich Informationen über den Medikamentenhandel und die Organisation der FitnessCenter gesammelt. Sie war auf einem Rachefeldzug, völlig klar. Sie hat sich mit Finkel eingelassen, um ihn irgendwie dranzukriegen. Wegen ihrem Bruder, zu dem sie ein besonders inniges Verhältnis hatte, denn ihre Mutter ist früh an einer tückischen Form von Multiple sklerose erkrankt und seit vielen Jahren pflegebedürftg. Bei ihrem Bruder, Silvio Meska, haben wir auch die Unterlagen gefunden, die Finkel bei der Baum gesucht hat. Sie hat Telefonate mitgeschnitten, Gespräche aufgezeichnet, heimlich Fotos gemacht. Also jede Menge Beweise. Was sie allerdings mit dem Finkel wirklich vorhatte, das wird wohl im Dunkeln bleiben. Durch Silke Baum ist er ihr auf die Schliche gekommen und hat sie so kaltblütig aus dem Wege geräumt wie er seelenruhig Silke Baums Haus durchsucht hatte."

Die beiden saßen noch eine Zeitlang schweigend nebeneinander und Rainer Bär dachte, dass sein erster Fall als Privatdetektiv gar nicht so schlecht verlaufen ist.